Ortwin Ramadan

VÁCLAV HAVEL

Ein Portrait

Originalausgabe

WILHELM HEYNE VERLAG
MÜNCHEN

HEYNE SACHBUCH
Nr. 19/501

Herausgeber: Bernhard Michalowski

2. Auflage

Eine TRANSMITTER-Produktion

Printed in Germany 1991
Umschlagfoto: action press, Hamburg
Umschlaggestaltung: Atelier Adolf Bachmann, Reischach
Herstellung: Dieter Lidl
Satz: Satz & Repro Grieb, München
Druck und Verarbeitung: Pressedruck Augsburg

ISBN 3-453-04435-5

Inhalt

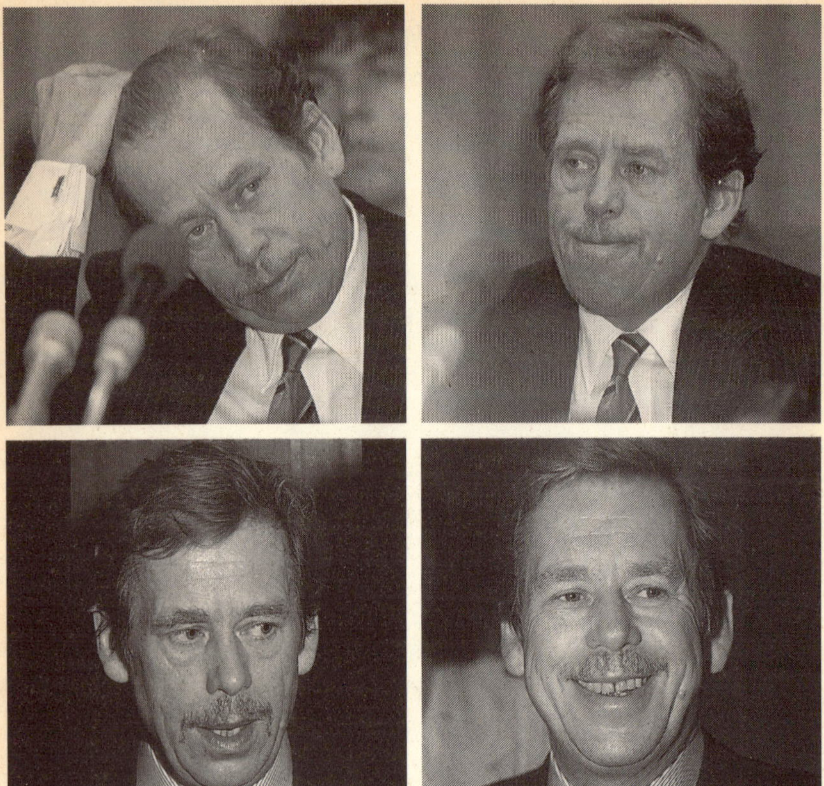

(action press/6)

Václav Havel: der Renaissance-Adelige

Der Außenseiter

New York City, Lower Eastside. Es ist heiß und die Musik dröhnt im »CBGB'S«, dem legendären und berüchtigten Undergroundschuppen in der Bowery Ecke Bleecker Street. Wie immer herrscht drangvolle Enge. An diesem Abend im Februar 1990 heizen rund dreißig rambohafte Bodyguards die ohnehin schon aggressive Atmosphäre des Clubs noch zusätzlich auf. Und dann werden die zumeist farbigen und schillernden Nachtgewächse Zeugen eines einzigartigen Schauspiels: Ein leibhaftiger Staatspräsident wandelt in ihren heiligen Hallen, unterwegs auf persönlicher Spurensuche in den finsteren Ecken des Big Apple. Václav Havel, frischvereidigtes Staatsoberhaupt der neuen tschechoslowakischen Republik, nutzt die Gelegenheit eines Staatsbesuches, um das »CBGB'S«, einen Weihetempel der Rockmusik, endlich einmal hautnah zu erleben - trotz heftigster Bedenken seiner fassungslosen Sicherheitsbeamten.

Daß ausgerechnet dieser für das Protokoll eines Staatsbesuches etwas unbotmäßige Club den höchstoffiziellen Besucher Havel so magisch anzog, hat tiefere Gründe: Hier wurde Rockgeschichte ›gespielt‹, hier erzielten berühmte Bands ihren endscheidenden Durchbruch. Auch solche, die das neue Lebensgefühl einer ganzen Generation verkörperten und zu Idolen der Rebellion gegen das Establishment wurden. Ihr lautstarkes, mit jaulenden E-Gitarren untermaltes Credo ließ damals auch den Eisernen Vorhang brüchig werden und fand im Osten Europas begeisterte Zuhörer. Wenn der Staatspräsident Václav Havel heute auf dem Hradschin, der Prager Burg und seinem Amtssitz, einst Residenz deutscher Kaiser, im Rolling Stones-Shirt herumgeistern sollte, dann wäre das sicher nicht das Werk eines besonders cleveren Imagestylisten.

Das Rock'n'Roll-Gewand ist ein persönliches Geschenk Mick Jaggers, und der Staatspräsident trägt es aus purer Überzeugung.

Ein Rockfan auf dem Präsidententhron. Eine sicherlich gewöhnungsbedürftige Vorstellung, vergegenwärtigt man sich die verbeamtete Seriosität und Steifheit, die Havels europäische Kollegen auf diesem Posten in der Regel auszustrahlen pflegen. Auf dem internationalen Parkett der hohen Politik ist Havel zweifellos ein exotischer Außenseiter, wenn er mit dem Rockopa Mick Jagger und dem gealterten Bürgerschreck Frank Zappa öffentlich einen Schulterschluß der Hippie-Veteranen zelebriert. Diese Rolle allerdings scheint Havel auf den Leib geschrieben zu sein, und offensichtlich fühlt er sich in seiner »Andersartigkeit« auch ausgesprochen wohl. Denn er ist natürlich kein geborener Staatschef, sondern von Berufs wegen ein renitenter Dramatiker und Dissident, den die jüngste Geschichte an die politische Spitze seines Landes gespült hat.

Das Los, im gesellschaftlichen Abseits zu stehen, war Havel schon früh beschieden. Als Kind einer wohlhabenden und prominenten Prager Familie hat er allerdings darunter gelitten, ein Außenseiter zu sein, ein privilegiertes »Herrensöhnchen« mit allerbester tschechisch-humanistischer Kinderstube, Dienstmädchen und Chauffeur inklusive. »Ich schämte mich meiner Vorrechte, bat um ihre Aufhebung«, vertraut Havel später in seinem als Buch erschienenen »Fernverhör« dem Chronisten Karel Hvížďála an, »(...) ich sehnte mich nach Gleichheit mit den anderen. Wohl nicht, weil ich von Kindheit an ein Sozialrevolutionär gewesen wäre, sondern einfach, weil ich mich ausgeschlossen und abgetrennt fühlte, weil ich um mich herum ein bestimmtes Mißtrauen fühlte, eine bestimmte Distanz«.

Nicht nur diese Privilegien grenzten ihn bereits damals aus; die großbürgerlich-böhmische Küche nährte ihn so sattsam, daß der durch sein Dicksein physisch behinderte Knabe zur Zielscheibe des Spotts seiner Mitschüler wurde. Havel bekennt freimütig, in seiner Seele bis heute das feiste Ferkelchen

Rebellen unter sich
Václav Havel, der Präsident, mit den von ihm geschätzten Rockmusikern Keith Richard und Mick Jagger - ein Gipfeltreffen der Idole auf der Prager Hradschin im Jahre 1990. (AP)

geblieben zu sein, scheu und verunsichert und ein wenig außerhalb der Weltordnung. Es handle sich, so der Gedemütigte, bei seinen späteren rebellischen »Ausfällen« daher weniger um einen natürlichen Ausdruck seines Charakters, sondern vielmehr um Versuche einer Kompensation. Diese Einsicht mag ihn ehren, aber natürlich hatte Václav Havel auch handfeste Gründe zum Neinsager zu werden.

Für die Kommunisten, die 1948 in der Tschechoslowakei die Macht übernehmen und bald darauf den neuen tschechoslowakischen Arbeiter-und-Bauern-Staat proklamieren, ist der »bourgeoise« Bürgersohn Havel ein Klassenfeind. Nicht nur wird das Havelsche Vermögen konfisziert und die Familie vorübergehend aus Prag ausgesiedelt, der jugendliche Václav ist vielmehr einer offenen Diskriminierung und Benachteiligung ausgesetzt. Er muß die Schule verlassen, wird erst Zimmermann, dann Chemielaborant. Zum Abitur gelangt er nur auf Umwegen: Er absolviert ohne offizielle Genehmigung ein Abendgymnasium, daß in erster Linie für die neuen Arbeiterdirektoren gedacht ist. Je älter er wird, desto mehr wächst Havel in diese soziale Außenseiterrolle hinein und beginnt seine Identität in ihr zu suchen. Er reagiert mit einer Flucht nach innen, die ihn in die Welt des Geistes führt.

Paradoxerweise kommt ihm bei dieser nicht ganz freiwilligen Standortbestimmung der gleiche familiäre Hintergrund zugute, der ihn erst in diese Existenzkrise hinein manövriert hatte. Schon sehr früh nämlich begegnet Havel in der humanistisch geprägten Atmosphäre seines Elternhauses zahlreichen tschechischen Geistesgrößen der Vorkriegszeit. Der Junge wird in einer intellektuellen Umgebung groß, deren Faszination er sich nicht entziehen kann. So verfaßt er als Zehnjähriger bereits Gedichte und schreibt mit dreizehn Jahren ein Buch – ein philosophisches natürlich.

Nie hat die sozialistische Gesellschaft Havel die Möglichkeit geboten, sich zu intergrieren. Als kulturell ausgerichtetem Menschen wird ihm trotz unermüdlicher Versuche, ein Studium der Geistes- oder auch Gesellschaftswissenschaften verwehrt. Aus lauter Verzweifelung, und wie er später einmal einräumen sollte »kombiniert mit Ungeschicklichkeit«, immatrikuliert sich der Abiturient Havel schließlich an der ökonomischen Fakultät der Technischen Hochschule Prag, Fachbereich Verkehrswirtschaft. Verlorene Zeit, auch wenn er damit dem drohenden Militärdienst fürs erste ertronnen ist, denn die Vorlesungen über Schotter und Straßenbau berührten auch nicht im Entferntesten die eigentlichen Neigungen des jungen Mannes. Stattdessen sorgt der literaturbesessene Student der Verkehrswirtschaft 1956 auf einer Tagung des offiziellen Schriftstellerverbandes für einen handfesten Eklat. Während der Aufstand im Nachbarland Ungarn tobt, hält der junge Dichter Havel den auf Schloß Dobříš versammelten kommunistischen Literaturfunktionären schonungslos vor, daß sie die lautstark angekündigten Reformen im Literaturbetrieb nur halbherzig verfolgen würden.

Der spätere Bürgerrechtler neigt also schon als junger Mann zum Widerspruch, und seine Veranlagung zum kritischen Engagement ist früh erkennbar. »Mein Eintritt in die Literatur hatte (...) den Beigeschmack der Rebellion, und das ist mir irgendwie geblieben: bis heute bin ich für manche eine kontroverse Person. Nicht etwa, weil ich das wollte: Ich bin überhaupt nicht der Typ des Rebells, Revolutionärs oder ›widerständlerischen Bohems‹ (...); bloß daß die Logik der Dinge es einfach immer wieder so einrichtet, daß ich mich unwillkürlich in einer solchen Stellung befinden muß.« Was Havel hier im »Fernverhör« über sich selbst erzählt, klingt ausgesprochen glaubhaft. Denn für die Figur des asketischen Märtyrers und verbissendogmatischen Kreuzzüglers ist der leidenschaftliche Hobbykoch (Spezialität: Böhmische Ente) tatsächlich ungeeignet. Vielmehr liebt Havel das Leben mit all seinen sinnlichen Versuchungen. Er trinkt gerne und raucht wie ein Schlot; er ist ein konditionsstarker Nachtschwärmer, der die Debatte schätzt und auch deshalb in Prager Weinstuben ein zu Hause hat. Der spätere Freund und Mitstreiter Havels, Pavel Kohout, hat ihm einmal die Eigenschaften eines »Renaissance-Adeligen« bescheinigt. Augenfälligstes Wesensmerkmal Havels ist allerdings seine legendäre, mitunter fast schon als arrogant und provokant empfundene Höflichkeit. Vor allem im Gefängnis wird Havel Opfer dieser gutbürgerlichen Kinderstube: Weil die »weichen« Umgangsformen als Schwäche gedeutet werden, ist der politische Häftling bevorzugte Zielscheibe der sadistischen Wärter.

Havel hat aus der Not eine Tugend gemacht. Dies spiegelt sich nicht nur in seinem aggressiven Außenseitertum und seiner unangepaßten Persönlichkeit wider. Auch das Werk des Dramatikers trägt Spuren dieser (erzwungenen) Unkonventionalität: Havel ist ein international anerkannter Vertreter des absurden Theaters, jener Theaterform, die das Gewohnte mittels der Groteske in Frage zu stellen sucht und durch diese provozierende Abkehr mit allen stilistischen und inhaltlichen Konventionen bricht. Wenn Havel sich für das absurde Theater entschieden hat, so erscheint dies bei genauerer Betrachtung als eine nur allzu konsequente Verarbeitung der leidvollen Erfahrungen eines sozial Außenstehenden. Beide, sowohl der Künstler, als auch der ausgegrenzte Bürgersohn Havel, befinden sich auf einer stetigen Sinn- und Identitätssuche, beide müssen sie aber dabei auf konventionelle Formen und starre Ideologien verzichten.

Vor diesem Hintergrund überrascht es nicht, daß der Avantgarde-Dramatiker und unbeugsame Bürgerrechtler einer der wenigen Angehörigen der älteren Generation ist, der Verständnis und Sympathie für die langhaarigen Hippies der späten sechziger Jahre entwickelt hat. Der Schuß auf John Lennon, so schreibt er einmal in den Gefängisbriefen an seine Frau Olga, sei ein Schuß der achtziger Jahre auf den abtretenden Friedens- und Freiheitstraum der Sechziger gewesen.

Der Oppositionelle

»Unsere Revolution hat eine sehr musikalische Seite. Ende der sechziger Jahre gab es in der Tschechoslowakei eine Rockwelle. Nach der sowjetischen Invasion mußten sich die meisten Bands dann auflösen (...). Rockmusik war ab sofort verboten«, erzählt Václav Havel, und er erzählt es nicht irgend-

Der bürgerliche Außenseiter 1970
Seiner guten Kinderstube verdankt Havel die Ausgrenzung aus dem sozialistischen System – und damit auch sein Dissidententum.

(Ullstein)

wem, sondern dem Mann, dessen Texte in tschechoslowakischen Gefängnissen von politischen Häftlingen rezitiert wurden: Lou Reed, dem Mitbegründer und neben John Cale wichtigsten Kopf der einstigen Kultband Velvet Underground. »Die Platten von Velvet Underground haben eine wichtige Rolle für die sanfte Revolution in der ČSFR gespielt. Nicht zufällig wird sie Velvet Revolution (samtene Revolution; Anm. d. Red.) genannt.« So lautete das von der Zeitschrift »Tempo« etwas verkürzt wiedergegebene Fazit des Interviews. Auf dem »Gipfeltreffen der Idole« in Prag wurde dennoch bestätigt, daß in der sozialistischen Tschechoslowakei ein wichtiger Motor der Wende Rockmusik hieß. Mit gewagtem Outfit und schrillen Gesten trat in erster Linie die Jugend Prags und der übrigen Städte dem »roten« Establishment entgegen. Doch anders als im pluralistischen Westen, schlugen die Stalinisten an der Spitze der ČSSR mit allen zur Verfügung stehenden Mitteln eines pervertierten Polizeistaates zurück. Auch deshalb überreicht der Staatspräsident Havel dem Musiker Reed ein kleines, schwarzes Buch: »Das sind ihre Texte. Ins Tschechische übersetzt und handgedruckt. Davon gab es nur 200 Stück. Es war sehr gefährlich, dieses Buch zu besitzen. Dafür sind Leute ins Gefängnis gewandert.«

Daß Rockmusik in der ČSSR zum politischen Glaubensbekenntnis erhöht worden ist, verdankt sie nicht zuletzt dem herrschenden Regime selbst. Lange Haare allein wurden im tschechoslowakischen Arbeiter-und-Bauern-Staat schon als Angriff auf die sozialistische Weltordnung und ihre allesbeherrschenden Dogmen gewertet. Und wer sich auch nach der gescheiterten Revolution des Prager Frühlings von 1968 noch zur internationalen Hippie-Bewegung und ihren vielfältigen Erscheinugsformen bekannte, mußte mit Verfolgung rechnen. Den Musikern und Fans selbst blieb nur der Ausweg in den Untergrund. Kassetten mit illegaler Musik wechselten unter der Hand den Besitzer. Konzerte fanden nur noch an »geheimen« Orten statt. Feuchte Prager Keller und viel zu kleine Wohnungen wurden zu Treffpunkten einer überaus quirligen und bunten Subkultur. In diesen versteckten Nischen trafen

Streitbarer Dramatiker

Schon der junge Theaterautor Havel, hier 1968 in Berlin, sorgte für Unruhe im tschechoslowakischen Literaturbetrieb. (Ullstein)

Schriftsteller auf Musiker, hier diskutierten Theaterautoren ihre neuesten Einfälle mit einem eingeweihten Publikum, hier fanden in den dunklen Zeiten der politischen Verfolgung Dissidenten und andere gesellschaftliche »Unpersonen« die für sie so lebenswichtige Solidarität.

Einer jener Orte, an dem in den siebziger Jahren eine Zeit lang regelmäßig geheime Konzerte, aber auch inoffizielle Dichtertreffen stattfanden, waren die Scheune und die Stube von Havels Landhaus Hrádeček. Aus dem stilvoll umgebauten Bauernhof nahe der polnischen Grenze war nach der Warschauer-Pakt-Invasion und dem damit verbundenen Ende des Prager Frühlings ein Biotop für heimatlose Politvögel entstanden. In dieses private Reservat, mehrere Autostunden von Prag entfernt, war Havel, prominenter Wegbereiter und Wortführer der blutig niedergeschlagenen 68er-Reformbewegung, vor den neuen alten Machthabern entschwunden.

Gezwungenermaßen, denn unter dem wieder moskautreuen tschechoslowakischen Regime des Gustáv Husák wurde Havel mit Aufführungs- und Publikationsverbot für den gesamten Ostblock belegt, sein Reisepaß konfisziert. Havel, der mit seinen Anfang der sechziger Jahre uraufgeführten Dramen über die Grenzen der Tschechoslowakei hinaus bekannt geworden war und gefeiert wurde, hatte sich als aktives Mitglied des Schriftstellerverbandes durch seine harsche Kritik etwa an der staatlichen Zensur zur Persona non grata gemacht. Seine Rolle im Vorfeld und während des Prager Frühlings bezeichnet er selbst zwar heute noch als unpolitisch, den Machthabern aber war er schon damals mit seinen (durchaus politischen) Reden, Pamphleten und Essays in der Literaturzeitschrift »Tvár« ein Dorn im Auge. Doch wie beinahe alle seine Landsleute trat auch Havel nach der nationalen Katastrophe der Okkupation die Flucht ins Private an und verfiel in eine tiefe moralische Resignation und politische Apathie. Draußen, auf dem abgelegenen Bauernhof im Riesengebirge, trafen sie sich nun nach und nach im Schutze der Privatsphäre wieder, die Verfemten und Ausgestoßenen von '68.

Ob er denn glaube, daß Musik die Welt verändern könne, will Songwriter Lou Reed von dem Präsidenten Havel wissen. Nein, antwortet dieser auf die Frage des Reporters Reed, aber Musik könne seiner Meinung nach entscheidend dazu beitragen, die Menschen aufzurütteln. Das hat sie in der Tschechoslowakei zweifellos getan. Als 1976 die Mitglieder der populärsten Rockband der Prager Untergrundszene, die »Plastic People of the Universe«, verhaftet werden, löst dies das wichtigste politische Ereignis in der Tschechoslowakei seit dem Prager Frühling aus: die Gründung der »Charta 77«. Rund um diese für ihre wilden Auftritte bekannte Band hatte sich in den von der stalinistischen Reaktion geprägten siebziger Jahren eine bunte Alternativkultur versammelt. Havel begegnet den

Plastic People und ihrer Musik zum ersten Mal kurz vor deren Verhaftung: »Obwohl ich kein Fachmann für Rockmusik bin, spürte ich sofort, daß von diesen Einspielungen etwas Bemerkenswertes ausstrahlt (...), daß dies ein höchst authentischer Ausdruck des Lebensgefühls von Menschen ist, die von der Armseligkeit dieser Welt zerstört sind (...); ich fühlte, daß es um eine ernste und wahrhaftige Sache ging, um die wirklich innerlich freie Artikulation einer existentiellen Erfahrung, die jeder verstehen muß, der noch nicht völlig abgestumpft ist.«

Havel, der sich schon ein Jahr zuvor durch einen offenen kritischen Brief an Gustav Husák aus der passiven in eine aktive Opposition begeben hatte, war durch die Ereignisse um die Plastic People endgültig aus seiner Lethargie erwacht. Nicht zuletzt die Erinnerung an einen USA-Besuch im Jahre 1968, bei dem er das Milieu der revoltierenden Jugend und die politische Kraft ihrer Musik kennenlernen konnte, hatte dazu beigetragen. Es war der Ausdruck eines Hungers nach Lebensfreude und Freiheit im Kontext eines kalten, repressiven Regimes, der ihn, den Sinnesmenschen, schnell überzeugte und zum politischen Engagement anspornte. Und schließlich war genau dieser Widerspruch zwischen dem authentischen Dasein eines Individuums und der dieses Individuum beherrschenden, entfremdenden Macht von Anfang an das Thema seiner Dramen gewesen. Dezediert hat Havel die geistige Verfaßtheit der tschechoslowakischen Gesellschaft in dem Brief an Husák formuliert: Angst, Existenzdruck, Egoismus, Karrierismus, Gleichgültigkeit, Korrumpiertheit, geistige Passivität, Selbstentfremdung.

So treffend Havels Analyse des gesellschaftlichen Zustands zu Beginn der siebziger Jahre war, so sehr erfüllte sie den Zweck einer Selbsttherapie. Der Brief an Husák und die Konfrontation mit der Verhaftung der Plastic People bezeichneten für den vorübergehend sprachlos gewordenen Dramatiker, wie er selbst zugibt, *die* Wende in seinem Leben. Danach war nichts mehr wie vorher, denn er begab sich nun in eine offene Opposition zu dem Regime.

Zusammen mit dem Philosophen und Psychologen Jirí

Němec sammelt er die ersten Unterschriften zur Freilassung der Plastic People, deren Inhaftierung er als einen Angriff auf die geistige Freiheit des Menschen betrachtet. Im Laufe des Jahres 1976 entwickelt er gemeinsam mit anderen tschechoslowakischen Intellektuellen den Gedanken einer Charta, die die Einhaltung von Menschenrechten gemäß der Schlußakte der KSZE-Konferenz in Helsinki in der ČSSR und in anderen Teilen der Welt einfordern soll. Als am 1. Januar 1977 die Bürgerrechtsbewegung Charta 77 gegründet und wenig später ihre Eröffnungserklärung publiziert wird, beginnt für Václav Havel eine Existenz voller Schikanen: Verhöre, Verhandlungen, kurzfristige Verhaftungen und schließlich ein dreieinhalbjähriger Gefängnisaufenthalt. Der Oppositionelle in den Fängen des Staates.

Identifizieren konnte er sich jedoch nie mit der ihm auferlegten Bürde. »Ein anständiger Mensch spielt nicht den Helden und drängt sich nicht ins Gefägnis. Denn Heldentum ist etwas Unsoziables; es ist keine rechtschaffene, ehrliche Arbeit, die anständige Leute mögen (...), es ist etwas, was die Leute abstößt und wovor sie sich ängstigen«, sagte er nach seiner längsten Inhaftierung. Was bewegt einen Menschen dazu, der zur internationalen Gallionsfigur, zu einem Helden des sogenannten Dissidententums geworden ist, seine Rolle so geringzuschätzen: Ist es angeborene Schüchternheit oder kalkulierte Koketterie?

Der Sinnsucher

Es ist weder Schüchternheit noch Koketterie, sondern die zentrale Lebenshaltung Havels, die ihn zu solchen Aussagen bewegt. Es ist der »Versuch, in der Wahrheit zu leben«, so der Titel seines wohl wichtigsten Essays, und dieser Versuch verläuft meist nicht geradlinig: »Die Wahrheit findet ihren Weg durch Konflikte. Leben in der Wahrheit bedeutet nicht, einen Idealzustand zu erreichen. Sie fordert von uns einen ständigen Prozeß des Suchens«, äußert der Staatspräsident Václav Havel 1990 in einem Interview mit der »Welt«. Fast zwangsläufig

Der Regimekritiker als Brauereiarbeiter
1975 – aufgrund seines Engagements während des Prager Frühlings wird der Dichter zur Zwangsarbeit verurteilt. Er trägt seine Last mit Fassung. (Süddeutscher Verlag)

führt dieser Prozeß zu Reibungen mit dem System, wie seine Biographie ja auch verdeutlicht. In diesem Lichte sind seine Verhaftungen nicht als unbeugsames Heldentum zu werten, sondern als gelebte Konsequenz und eiserne Prinzipientreue.

Havel, der veräppelte Bürgersohn und ausgestoßene Bourgeois, der gebannte Dichter und politische Häftling, hat nie in ein vorgegebenes Raster gepaßt und auf diese Weise einen besonderen Blick auf die menschliche Existenz entwickelt, den Blick eines Außenseiters: »Ich glaube heute wirklich, daß diese Kindheitserfahrung mein gesamtes zukünftiges Leben beeinflußt hat, einschließlich meines Schreibens: mein kindliches Gefühl des Ausgeschlossenseins vom Ganzen oder der Labilität der Verankerung darin (später, nach dem Sieg des Kommunismus, entwickelt durch die Erfahrung, ständig Zielscheibe des sogenannten Klassenkampfes zu sein, also wiederum durch die Erfahrung eines nicht verschuldeten Ausgeschlossenseins) konnte auf den Blickwinkel meiner Weltsicht nicht ohne Einfluß bleiben - einer Sicht, die eigentlich auch der Schlüssel zu meinen Stücken ist. Es ist die Sicht ›von unten‹, ›von außen‹. Es ist eine Sicht, die aus der Erfahrung der Absurdität erwachsen ist. Was anderes denn, als das tiefe Gefühl des Ausgeschlossenseins ermöglicht es dem Menschen, besser die Absurdität der Welt und der eigenen Existenz zu sehen oder - nüchterner - ihre absurde Dimension?«

Die Erfahrung der existentiellen Widersprüchlichkeit hat Havel auf die Suche nach der Authentizität des menschlichen Daseins geführt und zu der Erkenntnis gebracht, daß es diese Wahrhaftigkeit in der sozialistischen Gesellschaft der Tschechoslowakei nicht gibt. Vielmehr hat sich das politische System, wie Havel in dem »Versuch, in der Wahrheit zu leben« feststellt, auf ein alles umfassendes und alles durchdringendes »Leben in der Lüge« begründet. Im Unterschied zur klassischen Diktatur ist der Charakter der Macht in einer solchen Gesellschaftsform diffuser, tiefgreifender und nicht mehr an Personen gebunden. Havel bezeichnet dies als »posttotalitär« und zeigt den Verlust der menschlichen Identität darin an:

»Zwischen den Intentionen des posttotalitären Systems und den Intentionen des Lebens klafft ein Abgrund: Das Leben tendiert in seinem Wesen zur Pluralität, zur Vielfarbigkeit, zur unabhängigen Selbstkonstitution und Selbstorganisation, einfach zur Erfüllung seiner Freiheit.« Das posttotalitäre System hingegen verlangt »monolithische Einheit, Uniformität und Disziplin«. Es ist schließlich dadurch gekennzeichnet, daß es von allen Mitgliedern der Gesellschaft, die dessen Rituale tagtäglich ausführen, getragen wird. Genau deshalb bedeutet die Weigerung, an diesen Ritualen teilzunehmen und die Lüge mitzuleben, eine fundamentale Bedrohung für das System.

Bezeichnenderweise macht Havel, der sich nie einer Ideologie verschrieben hat, im Rahmen seiner Gesellschaftskritik nicht beim sozialistischen System halt, obgleich sein Essay »Versuch, in der Wahrheit zu leben« im gesamten Ostblock als Widerstandsbibel rezipiert wurde. Er stellt vielmehr die provokante Frage, ob der posttotalitäre Osten letzten Endes nicht nur ein schlichtes »Memento für den Westen« darstellt, indem er diesem seine latenten Entwicklungstendenzen enthüllt. Die von ihm diagnostizierte Krise der menschlichen Identität sieht er in dem modernen Leben an sich manifestiert. Sie ist Ausdruck einer technischen Zvilisation, die der europäische Geist des »Rationalismus, Szientismus, der industriellen Revolution und überhaupt der Revolution des Fanatismus der Abstraktion« hervorgebracht hat.

Mit dieser herben Kritik an der jüngsten europäischen Ideengeschichte hat sich Havel allerdings nicht überall Freunde gemacht. Während die Amerikaner seine philosophischen Abhandlungen, Reden und Briefe als die eines großen Moralisten des 20. Jahrhunderts feiern, werfen ihm europäische Rezensenten vor, die pauschale Verwerfung der Rationalität hätte gefährliche Implikationen, zumal sie, ohne konkrete tagespolitische Alternativen zu nennen, in Allgemeinheiten stecken bleiben würde. Havels Weigerungen, in herkömmlichen politischen Kategorien und Begrifflichkeiten zu denken (reduzierende Schlagwörter wie Opposition oder Dissidententum stellt er beispielsweise ebenso grundsätzlich in Frage, wie

»-ismen« jeglicher Art), ruft auch Skeptiker hinsichtlich seiner Befähigung als Präsident auf den Plan. Diese sehen sich in ihrem Mißtrauen bestätigt, wenn das Staatsoberhaupt Havel etwa das tiefsitzende Nationalitätenproblem seines Landes auf die leichte Schulter nimmt. Als zu Beginn des Jahres 1990 die Slowaken darauf bestanden, einen Bindestrich in den Landesnamen einzufügen, um so die slowakische Eigenständigkeit stärker zu dokumentieren, und die Tschechen dies wiederum als seperatistisch empfanden, fällte Havel ein geradezu salomonisches Urteil, oder wie »Newsweek« es ironisch nannte, eine »make-everybody-happy solution«: »Laßt die Slowaken in der Tschecho-Slowakei leben und die Tschechen in der Tschechoslowakei.«

Václav Havel ist kein Mensch, der vorgefertigte Lösungen präsentieren will. Nicht in seinem philosophischen Denken, nicht in seiner politischen Auffassung und auch nicht in seinem literarischen Werk. Im »Fernverhör« heißt es: »Mit Politik, Politologie oder Ökonomie habe ich mich nie systematisch beschäftigt, eine ausgeprägte politische Ansicht habe ich nie gehabt und um so weniger öffentlich manifestiert. Ich bin Schriftsteller und meine Berufung habe ich immer als die Pflicht begriffen, die Wahrheit über die Welt zu sagen, in der ich lebe, von ihren Schrecken und Miseren zu berichten, also eher zu warnen als Anleitungen zu geben. (...) Auch als dramatischer Autor bin ich immer davon ausgegangen, daß die sogenannte Lösung jeder Zuschauer in sich selbst finden muß, daß sie nur dann wirklich sein kann; meine Aufgabe ist es nicht, etwas Fertiges anzubieten.«

Weil er auf die Selbstverantwortung des Individuums setzt, liefert Havel keine Patentrezepte. Schließlich hat er immer vorgeführt, wie sein Denken zu leben wäre. Auf der Suche nach der Wahrheit hat er nie die Konfrontation gescheut. Bereits als Schüler gab Havel zusammen mit gleichgesinnten Freunden eine »alternative« Kulturzeitschrift heraus, organisierte Symposien und ähnliches. In seiner Eigenschaft als Schriftsteller hat er den Weg des kritischen Beobachters nie verlassen, ja er wurde sogar zum Aktivisten. Auf dem IV.

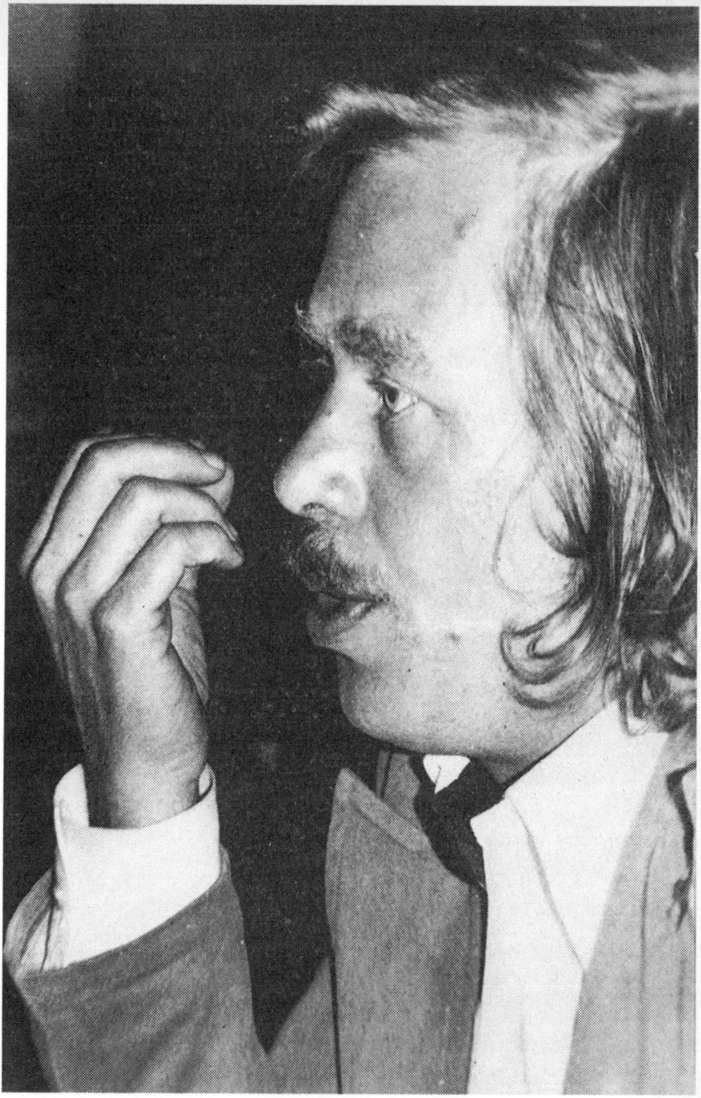

Der Unbeugsame
Als einer der Köpfe der Bürgerrechtsbewegung Charta 77 erhält Havel - hier nach der Urteilsverkündung im Oktober 1977 - zunächst eine Strafe von 14 Monaten auf Bewährung. (AP)

Schriftstellerkongreß im Juni 1967 äußert Havel eine vernichtende Kritik am Novotný-Regime und publiziert in der Zeit des Prager Frühlings einen Artikel »Zum Thema Opposition«, mit dem er großes Aufsehen erregt, weil er hier erstmals öffentlich die Forderung nach einer oppositionellen Partei stellt. Durch die Gründung der Charta 77 befindet er sich dann endgültig im offenen Widerspruch zur staatlichen Macht, die ihn dafür mit Repressalien straft.

Der undogmatische Sinnsucher wird zum Prügelknaben eines dogmatischen Systems.

Genau diese Spannung zwischen der Freiheit des Subjekts und den Zwängen einer sozialpolitischen Ordnung ist ein Grundthema der Havelschen Dramen. Vor allem seine Stücke aus den sechziger Jahren, »Das Gartenfest«, »Die Benachrichtigung« und die »Erschwerte Möglichkeit der Konzentration«, versuchen gesellschaftliche Mechanismen und die Situation des von diesen Mechanismen zerriebenen Menschen zu erfassen.

Die Folgen dieser Strukturen für den einzelnen sind die totale Entfremdung, Manipulation und Anpassung bis hin zum Verlust der eigenen Identität. Eine herausragende Rolle in diesem Prozeß der Entmenschlichung spielt die Sprache als ein Medium, das das Individuum beherrscht, aber auch zugleich sein Machtinstrument darstellt.

Formal kehrt Havel sich in seinen Dramen vom konventionellen Theater ab. Statt mit dem erhobenen Zeigefinger der Moral das Leben auf der Bühne realistisch nachzuspielen, setzt er mit Mitteln des absurden Theaters und der Groteske komische Kontrapunkte. Auch in seinen späteren Theaterstücken, etwa denen aus den siebziger Jahren, die Havels Dissidenten-Erfahrung in der Figur des Schriftstellers Vaněk verarbeiten, fehlt das Gelächter nicht. So ist Havel auch als Dramatiker nicht auf Geradlinigkeit aus, sondern sucht den ironischen Bruch. Wahrheit, wie Havel sie versteht, läßt sich eben nur durch eine dialektische Annäherung erfassen. Die Frage des Sinns kann nur beantwortet werden, indem man seine Abwesenheit vergegenwärtigt.

Der Sinnstifter

Václav Havels Popularität ist zunächst vor allem auf seine Eigenschaft als Autor absurder Theaterstücke zurückzuführen. Bereits mit seinem zweiten Drama »Die Benachrichtigung« gelang ihm der internationale Durchbruch. Seine Stücke wurden fortan im westlichen Ausland gespielt und mit renommierten Bühnen- und Literaturpreisen bedacht. Natürlich hat die breite Anerkennung, die er als Schriftsteller des Ostblocks im Westen erfährt, auch politische Züge. Dennoch sind es gerade auch die Theaterschaffenden und Literaten, die die Qualität seines Werkes zu würdigen wußten. Von Harold Pinter über Tom Stoppard, Samuel Beckett und Arthur Miller, bis hin zu Günter Grass und Heinrich Böll gab es von Anfang an eine Übereinstimmung darüber, daß Havel zu den überragenden zeitgenössischen Dramatikern und Essayisten zählt. Sein unbeugsames Eintreten für die Freiheit des Wortes und die Menschenwürde trug ihm später jedoch zusätzliche Sympathien ein und machte ihn zu einer internationalen Symbolfigur.

Gerade während seiner längsten Inhaftierung von 1979 bis 1983 kam es weltweit immer wieder zu Solidaritätsbekundungen. Einen der Höhepunkte bildete dabei die im Sommer 1982 veranstaltete »Nacht für Václav Havel« anläßlich des Theaterfestivals von Avignon. AIDA, die Organisation für verfolgte Künstler, hatte dazu aufgerufen, und mehrere Autoren schrieben eigens für diese Nacht Stücke und Szenen. Von zehn Uhr abends bis vier Uhr morgens - die Zeit, in der Havel im Pilsener Gefängnis die Nachtruhe gegönnt wurde - spielte man die von so unterschiedlichen Autoren wie Arthur Miller, Elie Wiesel, Jean-Pierre Faye, Augusto Boal, Michel Viala, Samuel Beckett u.a. eingesandten Dramenentwürfe. Eine eindrucksvolle Demonstration der Solidarität mit dem tschechischen Bürgerrechtler und Charta 77-Mitbegründer Havel, der auf diese Weise stellvertretend für all jene Künstler geehrt wurde, die wegen ihrer politischen und künstlerischen Überzeugungen verfolgt und bestraft werden.

Aber auch in der Tschechoslowakei selbst avanciert der verbotene Autor durch seinen permanenten Konflikt mit den sozialistischen Machthabern zu einer Art Volkshelden. Als Havel 1975 in seinem Einakter »Audienz« die Figur des Schriftstellers Vaněk in die Welt setzte, konnte er nicht ahnen, welchen Beliebtheitsgrad dieser Protagonist, der auch gewisse Ähnlichkeiten mit dem Autor aufwies, in der tschechoslowakischen Bevölkerung erreichen sollte. Ursprünglich während der Verbannung als bloße Belustigung für seine Freunde konzipiert, begann das Stück eine ungeahnte Eigendynamik zu entwickeln.

Abgesehen davon, daß das Drama zusammen mit den zwei später entworfenen Vaněk-Einaktern weltweit auf vielen Bühnen erfolgreich inszeniert wurde, brachte es der Ferdinand Vaněk in seiner Heimat zum Status einer Kultfigur. Vaněk, seines Zeichens Dissident und zeitweiliger Brauereihilfsarbeiter (wie Havel selbst Anfang der Siebziger), wird in den Kurzdramen mit Opportunisten verschiedenster Couleur konfrontiert, die sich allesamt als nonkonformistisch empfinden und ihr Arrangement mit dem tyrannischen Staat mittels selbsttrügerischer Leerformeln verteidigen. Natürlich entbehrt auch die Vaněk-Trilogie nicht der Havelschen Komik und so geschieht es, daß Vaněk-Sätze und ganze Textpassagen landauf, landab bei allen möglichen Gelegenheiten von der Bevölkerung genüßlich rezitiert werden. Zuerst als Text, später als Tonband und dann als Schallplatte drang die absurde Geschichte des Vanek tief in das allgemeine Bewußtsein ein. Nicht zuletzt Pavel Kohout und andere verbotene Literaten bedienten sich der Figur des Vaněk, um die Absurditäten ihrer Realität auf die Bühne zu bringen.

Aber die Rezeption Havels und seine Popularität blieben nicht auf den Dramatiker beschränkt. Je stärker er sich aus seinem anfänglich eng umrissenen Theaterhorizont löste, desto mehr zog er die öffentliche Aufmerksamkeit auf sich. Als er 1964 aufgefordert wird, in den Schriftstellerverband und in den Redaktionsbeirat der jungen Verbandszeitschrift »Tvář« einzutreten, verändert dies entscheidend seine politische Perspektive: »In meinem Leben hatte dieser Schritt (...) größere Bedeutung, als es auf den ersten Blick scheinen könnte: mit ihm begann nicht nur der mehrere Jahre dauernde Zeitraum des Kampfes um ›Tvář‹, nicht nur der mehrjährige Zeitraum meines ›rebellischen‹ Engagements im Schriftstellerverband, sondern zugleich damit oder dadurch begann etwas Tieferes: meine kulturell politische und staatsbürgerliche Engagiertheit überhaupt, also das, was schließlich in mein ›Dissidententum‹ mündete. Ursprünglich war ich (...) so ein ›Fachidiot‹ des Theaters am Geländer, der nur für seine Arbeit in diesem Theater lebte und alles andere (...) als ein neugieriger Beobachter betrachtete; dank ›Tvář‹ überschritt ich den bisherigen Umkreis und habe damals wahrhaftig nicht geahnt, wohin mich die innere Logik dieses Überschreitens einmal führen wird.« »Tvář«, so Havel weiter, war der erste Fall, wo sich etwas institutionell Fixiertes nicht in den Händen des Establishments befand.

Die »innere Logik des Überschreitens« führte ihn zunächst einmal in die literaturpolitische Aktivität, durch die er viele Mitstreiter gewinnen konnte. Ende 1964 etwa sammelt er Unterschriften für einen außerordentlichen Schriftstellerkongreß zur Abschaffung der Zensur und für unabhängige Zeitungen. Bei der Gelegenheit geht der noch blutjunge Theaterautor unbefangen und nachdrücklich auf den schon etablierten Dramatiker Pavel Kohout zu und überredet ihn, die Petition zu unterstützen. Diese Begegnung sollte der Beginn einer wichtigen politischen und persönlichen Freundschaft und gegenseitigen Inspiration sein.

Innerhalb des Schriftstellerverbandes erwies sich Havel als ein permanenter Unruhestifter und Nörgler, was schließlich dazu führte, daß er immer stärker in die Verbandsarbeit miteinbezogen wurde. Man war froh, daß da jemand nicht nur schlief und die Hand hob. Havel wurde für die Verbandsmitglieder so etwas wie eine Selbstkontrolle und eine bedeutende Figur in der internen wie externen Auseinandersetzung mit den Ereignissen des Prager Frühlings.

Als sich der gebannte Schriftsteller Havel nach dem Scheitern der Reformbewegung von 1968 auf sein Landgut Hrádeček zurückzog, verschwand er zwar von der Bühne der Öffentlichkeit, sein Einfluß auf die literarische Szene der Tschechoslowakei blieb jedoch nach wie vor ungebrochen. Havels Bauernhof war in den Zeiten der politischen Stagnation vielmehr für viele Andersdenkende eine Insel der Hoffnung und Solidarität, ein beliebter Zufluchtsort, was ja auch der Geselligkeit des Gastgebers entgegenkam. Trotz der bedrükkenden Umstände entfalteten die hier Versammelten eine ungeahnte Vitalität: »Sympathisanten aus dem Westen hatten mit uns ihre liebe Mühe. In vermeintlich genauer Kenntnis unserer Lage kamen sie mit ernster Miene und fanden braungebrannte, gutgelaunte Hobby-Köche und selbstbewußte Schreiber vor. (...) Dieses Bild paßte nicht in die gewohnten Schemata, und nur wenige Besucher begriffen, daß gerade durch diese Trotzhaltung die Verfemten imstande waren, die unendliche Durststrecke (...) ohne große seelische Schäden zu bewältigen«, erzählt Pavel Kohout über das Exil im eigenen Lande Anfang der siebziger Jahre.

Havel blieb in dieser Zeit, während offiziell in der ČSSR die »Normalisierungsphase« in Gang war, ein Kristallisationspunkt für jene Intellektuellen, die entweder mit dem System gebrochen hatten oder sich nie mit ihm arrangieren konnten. In der Enklave von Hrádeček reifte über die Jahre hinweg ein Widerstandspotential, das schließlich in die Bewegung der Charta 77 münden sollte. Havel verließ nach der Verhaftung der Plastic People im Jahre 1976 zum ersten Mal dieses, wie er es selbst nannte, Milieu der »etablierten Opposition« und knüpfte Fäden zum nonkonformistischen jugendlichen Untergrund. Gemeinsam mit dem Philosophen und Psychologen Jiří Němec, einem alten Kollegen der Zeitschrift »Tvář«, führte er in der Kampagne für die Rockgruppe Regie. Dadurch, daß es ihnen gelang, auch diejenigen für ihre Sache zu gewinnen, bei denen man kein natürliches Verständnis für diese Art der Kultur voraussetzen konnte, schufen sie eine politisch übergreifende Solidargemeinschaft. Man hatte begriffen, daß in der Freiheit der Musiker die Freiheit aller bedroht war.

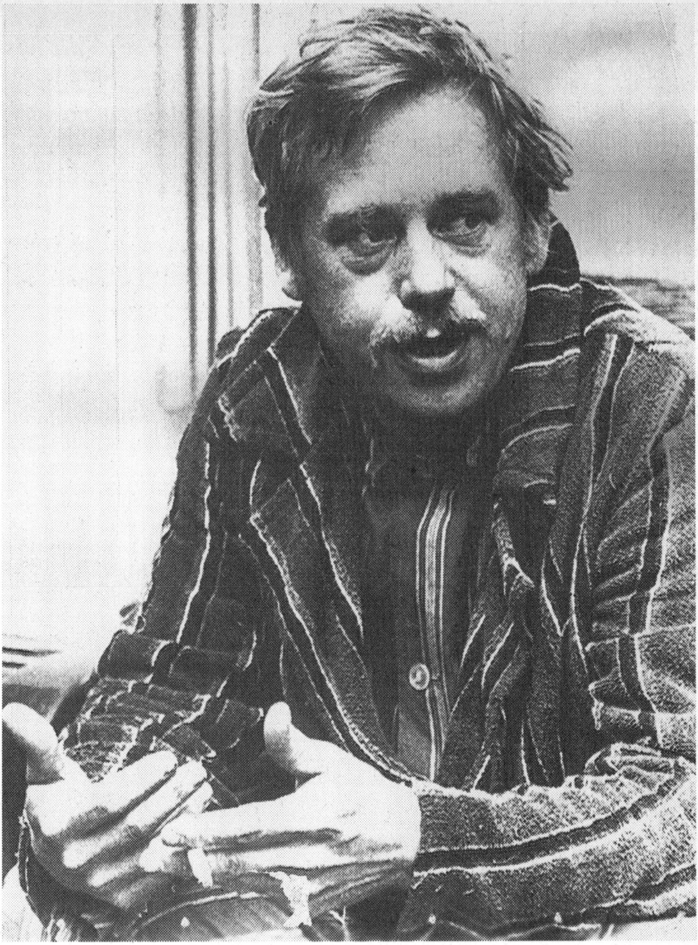

Hausarrest
Monatelang darf der Regimekritiker Havel im Jahre 1978 sein Landgut Hrádeček verlassen. (Süddeutscher Verlag)

Havel, der so das »Grundmassiv« der Charta 77 errichtete, hatte in dieser Phase eine wichtige integrierende Funktion übernommen, indem er Gleichgesinnte zusammenbrachte, die bis dahin mehr oder weniger voneinander isoliert waren.

Zum zehnjährigen Bestehen der Charta erinnert sich Havel: »Die Solidaritätskampagne, die damals enstand, war ein deutlicher Spiegel der Veränderung (...) und mündetete schließlich in das Auftreten der Charta 77. In ihr verbanden sich Schriftsteller und Politiker, Kommunisten und Nichtkommunisten, Katholiken und Protestanten, Intellektuelle und Arbeiter, Universitätsprofessoren und nichtkonforme Jugend. Sie verbanden sich nicht auf politischer Basis, sondern aus rein ethischen Gründen. Es war nicht das Ergebnis kaltblütiger Spekulation, gestützt auf politologische Analyse. Der Nährboden war eher das Gewissen als der Verstand. (...) Es war der Versuch des Erniedrigten, das Haupt zu heben, des zum Schweigen Gebrachten, den Mund aufzutun, des Belogenen, sich gegen die Lüge zu empören, des Manipulierten, sich von der Manipulation zu befreien, des Menschen, Würde und Integrität wiederzufinden.«

Als einer der Mitbegründer und führenden Köpfe der Bürgerrechtsbewegung Charta 77 übernahm Havel eine entscheidende Funktion innerhalb der tschechoslowakischen Gesellschaft. Vor allem die Tatsache, daß das Wesen der Charta undogmatisch war - sie forderte ja nicht mehr und nicht weniger als die Einhaltung der Menschenrechte - verhalf ihren Inhalten, aber auch ihren Repräsentanten zu einer ungeheuren Breitenwirkung, die sich nicht mehr an der Zahl der Unterschriften messen ließ. Für die tschechoslowakische Bevölkerung sollte die Charta bis zum endgültigen Sturz des Regimes im Herbst 1989 ein Licht am Ende des Tunnels bleiben. Das sinnstiftende Moment der Charta 77 lag vor allem darin, daß es sie gab und daß sie nicht mehr zu eliminieren war. Havel formuliert ihre historische Bedeutung für die ČSSR folgendermaßen: »Mit dem Augenblick des Auftretens der Charta geriet wieder Leben in das Spiel der Beziehungen. Der Körper, der tot zu sein schien, gab auf einmal wieder Lebenszeichen. Die Geschichte kehrte unter uns zurück. Das Ende öffnete sich wieder.«

Václav Havel hat die Idee der Charta stärker personifiziert als jeder andere. Seine verschiedenen Gefängnisaufenthalte, die immer wieder öffentlichen Wirbel erzeugten und zu internationalen Protesten führten, und seine nachhaltige kompromißlose Kritik an den herrschenden Zuständen, die vielfältige Schikanen des Regimes nach sich zog, machten ihn zu einer Art Märtyrer, auch wenn er selbst diese Etikettierung und Idealisierung stets von sich gewiesen hat. Er ist in der Rolle als »Dissident« immer glaubwürdig geblieben, denn er ließ sich kraft seiner Überzeugung und Persönlichkeit niemals von irgendwelchen Ideologien vereinnahmen.

Schließlich wußte man diese Rolle im westlichen Ausland gebührend zu würdigen. Je mehr Havel sich vom kritischen Literaten zum engagierten Bürgerrechtler wandelte, desto politischer wurden auch die Auszeichnungen, mit denen er im Laufe vor allem der achtziger Jahre - meist in Abwesenheit - überhäuft wurde. Neben vielen rein literarischen Preisen, Ehrendoktorwürden und Ehrenmitgliedschaften erhält er beispielsweise 1986 den niederländischen »Erasmus-Preis« zur Wahrung der europäischen Kultur, 1989 den »Friedenspreis des Deutschen Buchhandels« und den »Olof-Palme-Preis« sowie 1990 den »Simon-Bolivar-Preis« und den »Human-Rights-Award«, die beide von der UNESCO verliehen werden.

Der Präsident

»Heiliger Václav« - so überschrieb das amerikanische Nachrichtenmagazin »Newsweek« im April 1990 seine Titelgeschichte über den neuen tschechoslowakischen Staatschef. Für die Beobachter aus den fernen USA war die Story des verfolgten Schriftstellers, der zum gefeierten Präsidenten wurde, ganz nach ihrem Geschmack. Hollywood hätte sie nicht besser schreiben können. Nach der Solidarność-Welle brach nun das tschechoslowakische Fieber aus. Spätestens seit seinem triumphalen Antrittsbesuch in den Vereinigten Staaten im Februar 1990 genoß der sanfte Rebell aus Prag dort einen regelrechten Star-Status, verkörperte er doch in geradezu idealer Form die Wiedergeburt der »Freiheit« in Osteuropa und damit die Erfüllung eines amerikanischen Traums.

Aber nicht nur jenseits des Atlantiks ist Havel unbestritten ein Sympathieträger. Anders jedoch als bei den Amerikanern, verwirklicht Havel für viele europäische Intellektuelle durch die Verknüpfung von Geist und Macht die seit Plato gehegte abendländische Utopie des Philosophenkönigs, des gerechten und weisen Herrschers. In welche Hilflosigkeit allerdings diese neuartige und scheinbar widersprüchliche Politikerfigur manche Sachkundigen stürzt, beweist nicht zuletzt eine »Spiegel«-Reportage, die kurz nach dem Amtsantritt Havels erschienen ist. Die Beschreibung Havels und seiner Regierungsmannschaft kann sich dort auf eine glaubwürdige Ernsthaftigkeit nicht festlegen, sondern schwankt zwischen subtiler Ironie und platter Veralberung. Selten hat man sich so schwer getan bei der Beurteilung und Einschätzung eines neuen Staatschefs, entzieht sich dieser doch - durchaus bewußt - jeglichem Versuch der Kategorisierung.

Skepsis bringen viele ausländische Kritiker vor allem dem Umstand entgegen, daß Havel in der jungen ČSFR mit seiner Popularität Probleme eher zuzudecken droht, als sie zu lösen. Die Tschechoslowaken erfüllte der Sieg der samtenen Revolution und ihres »Helden« mit Stolz. Es gab wohl kaum jemanden, der Havel das verdiente Präsidentenamt mißgönnt hätte. Schließlich ist er das Aushängeschild und der charismatische Führer ihres gewaltlosen Umsturzes gewesen. Er war es, der im Januar 1989 noch einmal seinen Kopf hinhalten mußte, als er wegen der Organisation einer Veranstaltung zum Gedenken an Jan Palach, den Märtyrer des Prager Frühlings, verhaftet wurde. Während zu dieser Zeit in anderen Teilen Osteuropas die verkrusteten politischen Strukturen schon aufzubrechen begannen, wollte das bedrohte tschechoslowakische Regime noch Stärke beweisen. Havel wurde am 21. Februar als »Rückfalltäter« zu neun Monaten Haft unter verschärften Bedingungen verurteilt.

Erneut wurden Proteste laut, diesmal eben nicht nur aus dem Westen. Im polnischen Kattowitz traten 13 politische Aktivisten für Havel in den Hungerstreik; das tschechoslowakische Helsinki-Komitee erklärte den 21. Februar zum »Tag der Solidarität mit Havel und anderen zu Unrecht Inhaftierten«; Havels Frau Olga und sein Bruder Iwan, die Havel stets in seinen schwersten Stunden zur Seite gestanden hatten, wandten sich offensiv an die Presse. Mit Erfolg. Im März sah sich ein Berufungsgericht gezwungen, die Haftstrafe zu reduzieren und die »verschärften Bedingungen« aufzuheben. Havel wurde als Resultat des Drucks von außen im Mai vorzeitig aus dem Gefängnis entlassen, stand jedoch weiterhin auf der schwarzen Liste des Regimes.

Als im Spätsommer des revolutionsträchtigen Jahres 1989 vor allem die jugendliche Bevölkerung der Tschechoslowakei auf die Straße ging, war Havel zusammen mit Alexander Dubček, dem gescheiterten Reformkommunisten des Prager Frühlings, mit dabei. Er war nicht nur dabei, sondern er stand sozusagen in vorderster Front. Bei den heute schon legendären Massenkundgebungen auf dem Prager Wenzelsplatz entwickelte er sich zum aufwiegelnden Volkstribun, der mit seinen Reden und Appellen maßgeblich zur Demontage des kommunistischen Regimes beitrug. Plötzlich war eine Dynamik in Gang gekommen, die auch durch gewalttätige Polizeieinsätze nicht mehr gestoppt werden konnte. Im Gegenteil, am 20. November gründete sich in Havels Umfeld das sogenannte Bürgerforum, das als Motor den Umsturz in der ČSSR nun noch zusätzlich beschleunigte. In fast täglichen öffentlichen Ansprachen formulierte Havel, inzwischen schon zur charismatischen Figur der Massen avanciert, die politischen Forderungen des Bürgerforums und rief zum friedvollen Widerstand auf. Schritt für Schritt mußte die KPČ dem Druck der Straße weichen, Stück für Stück ihre Macht am Verhandlungstisch dem Bürgerforum preisgeben.

Endlich trat Husák nach hartnäckigem Zögern und Ausharren am 10. Dezember 1989 vom Amt des Staatschefs zurück und gab damit den Weg für eine neue Epoche in der tschechoslowakischen Geschichte frei. Seit Wochen schon war auf Prager Straßen der Ruf zu hören gewesen »Havel auf die Burg«, »Havel for president«. So kam für die Wahl eines Übergangspräsidenten eigentlich nur ein Kandidat, wenn auch ein zaudernder, in Frage: Václav Havel. Am 29. Dezember 1989 läßt er sich vom Parlament einstimmig zum Präsidenten der tschechoslowakischen Republik wählen. Im Juni 1990, bei den ersten freien Parlamentswahlen seit über vier Jahrzehnten, wird er für weitere zwei Jahre im Amt bestätigt. Die »samtene Revolution« hatte endgültig gesiegt.

Für die wiedererwachten bürgerlich-demokratischen Kräfte war dieser unblutige Umbruch zweifellos ein triumphaler Erfolg, der weltweit Sympathien weckte. Im Mittelpunkt der Begeisterung stand Václav Havel, in Anlehnung an den gleichnamigen Prager Schutzpatron zum »heiligen Václav« verklärt. In ihn, den geistigen Vater der Revolution, wurden Hoffnungen auf eine bessere Zukunft projiziert, von ihm erwartete man geradezu Übermenschliches. Auch wenn Havel in den ersten Monaten seiner Amtszeit nie wirklich an Popularität eingebüßt hatte, so mehrten sich doch die Zweifel an seiner Kompetenz im politischen Alltagsgeschäft. In seinen Reden zeigt er sich als das, was er schon immer gewesen ist: ein Humanist, ein kompromißloser Moralist, ein unerschütterlicher Idealist, der den »besseren Menschen« fordert und zutiefst an ihn glaubt. »Das Schlimmste ist, daß wir in einem verdorbenen sittlichen Milieu leben. Wir sind moralisch krank, weil wir uns daran gewöhnt haben, etwas anderes zu sagen als zu denken. Wir haben es gelernt, an nichts zu glauben, einer den anderen nicht zu beachten, sich nur um sich selbst zu kümmern. Begriffe wie Liebe, Freundschaft, Mitgefühl, Demut oder Vergebung haben ihre Tiefe und ihre Dimension verloren«, sagte Havel in der Neujahrsansprache von 1990, die zugleich seine Antrittsrede war. Wenn er die Menschen in der Tschechoslowakei nach Jahren der Unterwerfung unter eine Diktatur der Ideologie an ihre moralische Haltlosigkeit erinnert, dann hat er zweifellos recht, doch weist ihn das eben noch lange nicht als politischen Pragmatiker aus, der so dringend benötigt wird.

Letztendlich werden durch Havels Haltung und Persönlichkeit bei so manchen historischen Beobachtern Bedenken geweckt, die nicht unbedingt ein bedingungsloses Vertrauen in seine Fähigkeiten als Krisenmanager fördern. Immerhin hat

Politischer Hoffnungsträger
Der Ruf »Havel auf die Burg«, nämlich dahin, wo der Präsident residiert, wird im Jahre 1989 zum provokanten Schlachtruf einer enttäuschten Generation.
(Keystone)

der Präsident eine Menge gewaltiger Probleme zu lösen: die marode Wirtschaft bedarf dringend einer Reorganisation, eine profunde Vergangenheitsbewältigung muß in eine Neubestimmung der geistig-politischen Kultur münden, das alte Grundübel des Nationalitätenkonflikts im Vielvölkerstaat Tschechoslowakei wartet auf eine tragfähige Lösung. Statt angesichts dieser schwierigen Zukunft Politprofis ans Werk zu lassen, umgibt sich Havel jedoch mit einem illustren Haufen von Amateuren. Sein Beraterstab setzt sich aus etwa zwei Dutzend Freunden zusammen: ein Architekt, ein Drehbuchautor, eine Turnerin, ein Kameramann, ein Geograph, ein Maler, ein Rechtsanwalt, eine Schauspielerin und etliche andere. Dazu »Newsweek«: »Das also ist Havels Denkfabrik. Ein eingeweihter Kreis von kettenrauchenden, ehemals intellektuellen ›couch potatoes‹, die wie olympische Zehnkämpfer durch die Staatsarena hecheln.« – Ein hartes Urteil, wenn auch nicht ohne einen Anflug von Wohlwollen. Denn schließlich ist man sich nicht ganz so sicher, ob Havels Konzept der politischen Kreativität als Gegenentwurf zu parteigebundener Dogmatik nicht doch überraschende Antworten findet, wie beispielsweise der »Spiegel« die Erfolge eines Rockmusikers zu schildern weiß: »Politik als Poesie: Der langhaarige Abgeordnete Kocab reiste als Havels Gesandter nach Frankreich und lud den entzückten Kollegen François Mitterrand nach Prag ein, im Namen des Volkes. Und der Sowjetunion legte er dringend die Auflösung des Beistandsabkommens von 1970 nahe sowie den schleunigen Abzug der Okkupationstruppen: Er haut sich dröhnend auf die Schenkel: ›Ist das nicht ein wahnwitziger Vorschlag für einen Rocksänger?‹ Doch siehe: Sein Vorschlag wird verwirklicht, die 73 500 Besatzer ziehen ab.«

Dieser Wesenszug, der die Havelsche Präsidentschaft prägt, ist natürlich auch nicht ganz neu in der Tschechoslowakei. Schon der Staatsgründer Thomáš G. Masaryk, der von 1918 bis 1935 dem jungen demokratischen Staat im Herzen Europas als Präsident und Vaterfigur diente, war eigentlich Philosoph und Soziologe von Beruf und Humanist von Gesinnung. Auch er setzte auf den Geist in der Politik und regierte mit einem

Klarer Sieg
Unter dem Emblem des von ihm mitbegründeten Bürgerforums feiert Havel im Juni 1990 seine Wiederwahl zum Präsidenten auf dem Balkon seines Amtssitzes. (dpa)

intellektuellen Beraterstab. Mit Hilfe dieses *think tanks*, der später als sogenannte Burg-Gruppe in die Geschichte eingehen sollte, erblühte vor allem das kulturelle Leben in der ersten tschechoslowakischen Republik der Zwischenkriegszeit. Während ihre großen europäischen Nachbarstaaten von totalitären Ideologien und Systemen heimgesucht wurden, galt die ČSR als eine Insel der Demokratie und als Zufluchtsort für politische Flüchtlinge.

Für Havel sind Masaryk und die tschechisch-humanistische

Tradition eine Verpflichtung, wie er in der Neujahrsansprache bekräftigt: »Unser erster Präsident hat geschrieben: Jesus, nicht Cäsar. (...) Heute ist diese Idee in uns wieder lebendig geworden. Ich wage zu sagen, daß wir vielleicht sogar die Möglichkeit haben, sie weiter zu verbreiten und so in die europäische und Weltpolitik ein neues Element einzubringen. (...) Masaryk begründete die Politik auf der Sittlichkeit. Versuchen wir in neuer Zeit auf neue Weise dieses Verständnis von der Politik zu erneuern.« Mit solch erhabenen Worten tritt Havel zweifelsfrei das Erbe des Nationalhelden Masaryk an und läßt damit die Herzen vor allem der Tschechen höher schlagen. Was man Havel als politischen Opportunismus, naive Religiosität oder Größenwahn auslegen könnte, ist eigentlich nur ganz konsequent die Verwirklichung seiner ureigensten Überzeugungen.

Und schließlich ist das Pochen auf die Moral in der Politik ein hochaktueller Ansatz. Nicht zufällig hatte Havel einmal angesichts der Bilder von den Ereignissen an der Frankfurter Startbahn West geäußert: »In Deutschland wäre ich sicher ein Grüner.«

Die neuen politischen Bürgerbewegungen, wie etwa die Grünen in der Bundesrepublik, sind ursprünglich aus dem sittlichen Impuls heraus entstanden, die Wahrheit und Redlichkeit wieder in die Politik einzuführen und den Menschen in Einklang mit sich selbst und der Natur zu bringen. Die ökologische Zerstörung der Umwelt und die atomare Bedrohung, der Verfall menschlicher Werte in der Konsumgesellschaft und die Entfremdung des Individuums – all das sind moderne Zeiterscheinungen, die eine grundsätzliche Überwindung von monomanen Ideologien erfordern und neue, ethische Lösungen brauchen. Havel selbst ist es, der davor warnt und unnachgiebig verlangt, »daß das Leben auf dieser Erde nicht durch irgendeinen ›Mega-Selbstmord‹ untergeht.« – Ob er diese Forderung als Präsident einlösen können wird, ist fraglich. Als Mensch hat er den Weg dahin nie verlassen.

Havelmanie – Pressespiegel

Havel und die deutsche Presse

»Von der Bundesrepublik Deutschland müssen wir Millionen von verschiedenen Sachen lernen. Aber eine Sache werden wir von der deutschen Presse nicht lernen: die unaufhaltbaren Tendenzen zum Boulevard-Stil. Das ist Rambo-Journalismus. (...) Für den *Stern* hat mich ein gebildeter Mann besucht, der sich als Autor mit der Kultur Böhmens befaßt hat. Als er unser Land betrat, hat ihn das befallen, was ich die tschechoslowakische Krankheit nenne. Er ist leicht verrückt geworden. Er hat mit mir ein Interview gemacht, das er ergänzt hat mit ein paar Dummheiten, was mir nichts ausmachen würde, aber er hat es auch ergänzt mit Fotografien (...) aus meiner engen Privatsphäre (...), obwohl sie gemacht wurden, nachdem ich darum gebeten hatte, jetzt nicht mehr zu knipsen. (...)«

(Die Welt vom 10.3.1990)

»Wir kommen in eine großzügig geschnittene Wohnung mit hohen verschnörkelten Stuckdecken. Das Ambiente ist noch das des Dichters. Spuren einer durchzechten Nacht. Überall stehen leere Bier- und Sektflaschen. Aus dem Schlafzimmer blickt eine übernächtigte First Lady im Negligé, Olga Havlová, und zieht sich sofort wieder zurück. Und dann kommt der Präsident, vom ersten Augenblick an nervös und noch ziemlich verkatert.

(...) Nach sechs Minuten springt er auf und läuft ins Schlafzimmer. Er verschwindet im begehbaren Kleiderschrank auf der Suche nach einer staatsmännischen Krawatte. Ehefrau Olga ist erbost, daß Stern-Fotograf Lebeck im Windschatten Havels in die Unordnung des privaten Gemaches gedrungen ist, schimpft und knallt die Tür des Schrankes zu. Wieder mal ist Havel eingesperrt.«

(Stern vom 11.1.1990)

Der Märchenkönig

»Es war einmal ein kleiner Junge. Der lebte wohlbehütet und glücklich mit seinen Eltern in einem kleinen Land. Doch eines Tages wurde das Land von bösen Menschen erobert. Da hatte er viele Jahre lang Schlimmes zu erleiden. Er wurde beraubt und verfolgt und schließlich sogar ins Gefängnis geworfen. Fast wäre er gestorben. Aber immer kämpfte er für das Gute und Richtige. Und als die böse Macht eines Tages besiegt wurde, machten die Menschen ihn zu ihrem König.

Die Kurzbiographie des neuen tschechischen Staatspräsidenten Václav Havel klingt wie ein Stoff aus dem Märchenbuch.«

(Zeitmagazin vom 26.1.1990)

»Das Präsidentenamt für Havel ist die Vollendung eines Märchens.«

(Klaus Juncker, langjähriger deutscher Verleger und Freund Havels im Januar 1990)

Der Philosophenkönig

»Als Klaus Juncker am Fernsehgerät seinem Freund dabei zusah, wie er zum erstenmal die Truppenparade abnahm – ungelenk und verlegen, sichtlich peinlich berührt vom martialischen Gehabe, eine eher rührende als imponierende Gestalt, konnte er es kaum fassen: ›Daß dieser Mann Präsident werden würde, der Scheueste, der Stillste, der Bescheidenste, daß der eines Tages als Oberbefehlshaber der Armee die Front abschreitet – der größte Antimilitarist, den ich mir vorstellen kann. (...)‹

Für Juncker, der als inzwischen in Pension gegangener Begründer und Leiter des Rowohlt-Theater-Verlages über 100 Autoren betreut hat, ist Havel ›mit Abstand derjenige mit dem größten Charisma‹. Aber reicht das Charisma für die bevorstehende Aufgabe aus? Ist Havel endlich der *weise Herrscher*, der *Philosphenkönig*, von dem schon Plato in seiner Politeia träumte? ›Ich strebe keine Machtposition an. Ich versuche der

Skeptischer Havel

Mit Skepsis blickt Václav Havel am 27. November 1989 im Klub des Bürgerforums in die Zukunft. (AP)

Wahrheit zu dienen. Ich bin nur der Königsmacher, nicht der König‹, betont er selbst immer wieder.«

(Zeitmagazin vom 26.1.1990)

»Ganz sicher fühlt sich Havel am wohlsten in der Rolle eines Philosophenkönigs. Und bisher waren seine Siege auch wirklich moralischer und symbolischer Natur.

(...) Frieden. Liebe. Auch das sind Havelsche Botschaften. ›Wir leben in einer moralisch heruntergekommenen Welt‹, erzählt er seinen Landsleuten. Da Havel ein Dutzend Male eingesperrt war, könnte er die Kommunisten anklagen. Aber nein. ›Wir müssen das Erbe der letzten 40 Jahre als etwas hinnehmen, das wir selbst zu verschulden haben‹, sagt er. Und mit fast messianischem Eifer predigt er, daß die entscheidende Herausforderung der Tschechoslowakei nicht darin bestehe, zwischen Kommunismus und Kapitalismus, zwischen Armut und Reichtum zu wählen. Um die *Wahrheit* allein gehe es – wie die Gesellschaft von vergangenen Lügen zu reinigen ist und wie man den Glauben der Leute an das wiederherstellen kann, was Havel das ›autonome, integere und würdevolle menschliche Selbst‹ bezeichnet. Wenn die kleine Tschechoslowakei einen Beitrag zur Weltgemeinschaft leisten kann, so argumentiert er, dann dadurch, daß sie sich als eine ›Säule europäischer Geistigkeit‹ manifestiert.«

(Newsweek vom 30.4.1990)

Der wohlerzogene und schüchterne Rebell

»Er (Havel; Anm. d. Red.) ist ein wohlerzogener Rebell, der nicht wie andere Spaß an Auseinandersetzungen mit der Polizei hat. Seine Höflichkeit ist legendär.

(...) Man mag es kaum glauben, daß dieser schmale, schüchtern und verlegen wirkende Mann von seiner frühesten Jugend an zu den rebellischen Geistern gehörte.

Er selbst charakteriesiert sich als höflich, übertrieben brav und ängstlich, als jemand, der viel zu großen Respekt vor Autoritä-

Weltmännisch
Der tschechoslowakische Staatspräsident
im Januar 1990.

(Ullstein)

ten hat und in Nervosität verfällt, sobald er zu Verhandlungen mit ihnen gezwungen ist. Ein ›triebhaftes Mißtrauen gegen sich selbst empfinde er und lebe in der ständigen Ungewißheit, ob ihn seine Umgebung akzeptiere.«

(FAZ-Magazin vom 17.11.1989)

Der Außenseiter

»Ob im Glück oder im Unglück, Havel ist immer ein Außenseiter gewesen. In Prag am 5. Oktober 1936 als ›Sohn aus großbürgerlichem Hause‹ geboren, als ›Herrensöhnchen‹, obendrein als ›gemästetes Dickerchen‹ von den Mitschülern sowohl beneidet wie verspottet, entwickelte er ein ›kindliches Gefühl des Ausgeschlossenseins‹, das er nie ganz verlor.

Später dann, als ihn das kommunistische Regime zunächst wegen seiner ›bourgeoisen Herkunft‹, dann wegen seines politischen Widerstands verfolgte und mehrere Male ins Gefängnis schickte, legte er eine Zähigkeit und unbeirrbare Erschrockenheit an den Tag, die ihm, dem geselligen Genießer und begeisterten Hobbykoch (Spezialität: Böhmische Ente), längst nicht jeder zugetraut hätte.«

(Zeitmagazin vom 26.1.1990)

»Die Privilegien, die er in seiner frühen Jugend den anderen Kindern gegenüber genossen hatte, die Bediensteten, die besseren Kleider und das gute Essen empfand er nicht als Vorteil, sondern als Handikap. Vor allem das letztere, das gute Essen, und die Folge, daß er aussah wie ein ›gut gefüttertes Ferkelchen‹, hat ihm viel Kummer bereitet. Die kindliche Gemeinschaft, die sich – wie Havel keineswegs nachtragend, aber doch sichtlich betrübt feststellt – nicht von sittlichen Prinzipien, sondern eher von natürlichen Verhaltensweisen eines Tierrudels leiten läßt, schloß den durch sein Dicksein physisch behinderten Knaben aus. Das sei eine subtile Form der sozialen Rache gewesen, vermutet er und meint, er sei in seiner Seele bis heute das wohlgenährte Ferkelchen geblieben, das scheu und verunsichert ein wenig außerhalb der Weltordnung stehe. So seien seine Anfälle von Rebellion keineswegs ein natürlicher Ausdruck seines Wesens, sondern eher Versuche der Kompensation.«

(FAZ-Magazin vom 17.11.1989)

Der Lebenskünstler

»Havel ist ein lebensfroher Mensch, der gerne kocht und gut ißt und abends durch die Kneipen und Weinstuben Prags streicht. Er freut sich, wenn er Leute zusammenbringen und mit ihnen feiern kann, er geht gerne in die Sauna und hat nach eigenem Bekenntnis eine gewisse Neigung zu Donjuanerien, kurzum, er ist offen für die schönen Seiten des Lebens.«

(FAZ-Magazin vom 17.11.1989)

Held wider Willen

»Havel ist kein geborener Held. Im Gegenteil, man glaubt es ihm aufs Wort, daß er am liebsten heute noch Hilfsdramaturg im ›Theater am Geländer‹ wäre. Niemals ist er mit wehenden Fahnen, im Bewußtsein einer gerechten historischen Mission ins Gefängnis gezogen. (...) Und trotzdem gibt es immer wieder Situationen, in denen es ihn überkommt und er das Gefühl hat, unbedingt etwas tun zu müssen.«

(tageszeitung vom 14.10.1989)

Der Unpolitische

»Daß ihn seine politische Überzeugung zu den Handlungen mit schwerwiegenden Folgen verleitet hat, ist unwahrscheinlich. Im eigentlichen Sinne des Wortes kann man von politischen Vorstellungen bei Havel gar nicht sprechen. In seinem *Fernverhör,* das er mit dem im deutschen Exil lebenden tschechischen Journalisten Hvížd'ála veranstaltet hatte, behauptet er sogar, niemals eine ausgeprägte politische Ansicht gehabt zu haben. Wenn er - sehr, sehr selten - konkret wird, tut er es mit äußerstem Widerwillen. Die klassischen Kategorien der Politik gefallen ihm nicht.«

(FAZ-Magazin vom 17.11.1989)

Der neue Masaryk

»Václav Havel, dessen Theaterstücke seit 1968 verboten waren, wird heute sein Amt als neunter Präsident der Tschechoslowakei antreten. (...) Verfassungsmäßig hat der tschechoslowakische Präsident genauso wenig politische Macht wie etwa die britische Monarchin. Es hängt also völlig von der Stärke seiner Persönlichkeit und seinen politischen Fähigkeiten ab, ob er einflußreich sein wird. Thomáš Masaryk konnte alleine kraft seiner Persönlichkeit einen enormen Einfluß geltend machen. (...) Havels Ethos ist ganz deutlich inspiriert von denselben Idealen, die Masaryk geleitet haben.

(...) Wo Masaryk jedoch nachdenklich war, beweist Havel eine bemerkenswerte Entschlußkraft: in seiner aufrichtigen Zielstrebigkeit, in seiner Fähigkeit, nahezu jede Frage mit einem klaren Ja oder Nein beantworten zu können, liegt eine große Stärke.

(...) Die intellektuelle Bewegung, deren Motor Havel ist, erinnert an Masaryks ›Burg-Gruppe‹, die in der Zeit zwischen den Weltkriegen viel für die tschechoslowakische Kunst und Kultur tun konnte, jedoch Politik und Wirtschaft der Gnade von Politikern und Bankleuten überlassen hat. Wir alle hoffen, daß sich die Geschichte nicht wiederholen wird.«

(Financial Times vom 29.12.1989)

Der kriminelle Volksheld und die Amateure

»›Der? Wieso der? Der doch nicht!‹ sagte das Volk der Tschechoslowakei, als es den Namen seines neuen Präsidenten erfuhr. ›Das ist doch ein Krimineller‹, sagten sie; hatte man sie in 20 Jahren zu sagen gelehrt. Außerhalb von Prag traute ihm kein Mensch über den Weg.

Václav Havel war den 15 Millionen Tschechen und Slowaken nur als Verbrecher bekannt. Kein Staatsfeind, ein ganz gewöhnlicher Lump. Daß einer Widerstand gegen das System ausübte, war im Register ihrer Gewohnheiten nicht vorgese-

hen, selbst Protest hatte als kriminell zu gelten. Und nun sollte dieser Gesetzlose der nächste Chef sein?
(...) Es ist nicht überleifert, ob die Tschechen und Slowaken in Tränen ausbrachen, als Havel ihnen die Verheißung verkündete: ›Deine Macht, mein Volk, ist zu dir zurückgekehrt.‹ Und alles Volk sprach Amen und fürchtete sich sehr.

Von nun an verehrten sie den Kriminellen wie einen Heiligen des Guten, Wahren, Schönen. Gleich einem Pfadfinder in kurzen Hosen schien er an das zu glauben, was er verkündete, beispielsweise an sein Bekenntnis, ›einen Beitrag zum Glück zu leisten‹. Der Satz hat inzwischen Flügel bekommen. Doch kein Mensch, allenfalls Havel, kann drei Monate nur von Begeisterung leben: Denn nicht das Volk, sondern die Phantasie hatte die Macht übernommen.

(...) Wo immer er auftritt, bleibt alles Volk stehen, um ihn zu bestaunen: Um zu wetten, ob er heute Krawatte trägt oder seinen alten grauen Pullover. Das Rathaus von Prag erstürmt er im schwarzen Parka, auf dessen Rücken in grünen Buchstaben AWAKENINGS gestickt ist, Erweckungen.

(...) Vom Beifahrersitz springt er aus seinem grünen Renault 21, einem Geschenk des portugiesischen Kollegen Mario Soares, und trippelt mit kleinen, sich schier überstürzenden Schritten nicht auf, sondern neben dem roten Teppich, der seit einer Stunde seinetwegen ausgebreitet und ständig vom Hausmeister gebürstet wird. (...)

(...) Havel weiß, was die Kritik von seinen Ratgebern hält – und verteidigt sie trotzdem, sie seien perfekt. Er traut nur dem Untergrund: empfängt etwa den Rockmusiker Frank Zappa und weist den Schriftsteller Ray Bradbury ab. (...) Politik als Poesie. (...)«

(Der Spiegel vom 5.3.1990)

Heiliger Václav

»Václav Havel, der zum Revolutionshelden gewandelte prominente Dramatiker, tauschte seine Blue Jeans gegen die rote Staatsschärpe und drohte damit, ein unkonventioneller Präsident zu werden. Er hat sein Versprechen gehalten. Auf einem Tretroller flitzt er durch die Gänge der Burg von Hradschin, dem Prager Präsidentenpalast; er genießt die Gesellschaft des Rockmusikers Frank Zappa, der Schauspielerin Jane Fonda und des Dalai Lama. Von London über Warschau bis Paris ist er gefeiert, gesegnet und heiliggesprochen worden. Zu Hause wird fast jedes Schaufenster von einem Havel-Poster geschmückt. ›Heiliger Václav‹ nennt man ihn in Prag, nach dem Schutzheiligen der Stadt.

Es fällt nicht schwer, die Begeisterung der Tschechoslowaken für ihren neuen Präsidenten zu teilen. Havel ist der einzige wahre Held, der aus den Revolutionen des Jahres 1989 hervorgegangen ist. Aber das Land steht vor bedeutenden Entscheidungen, und schon läßt die Schmeichelei etwas nach.

(. . .) Das Unbehagen artikuliert sich vor allem atmosphärisch, wie leichte elektrische Schwingungen vor dem Sturm. Äußerlich wütet weiterhin die Havelmanie. (. . .) Wenn man jedoch tiefer gräbt, dann stößt man auf eine Schicht von Befürchtungen. Niemand zweifelt daran, daß Havel der Mann der Stunde ist. Ist er aber auch der Mann für die Zukunft? ›Ich bin mir nicht sicher‹, sagt Josef Vavroušek einer der Köpfe des Bürgerforums, jener oppositionellen Grubppe, die Havel an die Spitze katapultiert hat. ›Gegenwärtig ist er ein guter Präsident, weil es weit und breit niemanden gibt, der an seine Stelle treten könnte. Aber von seinem Wesen her kann er nicht auf Dauer Präsident bleiben.‹ Solche Bewertungen gibt es dieser Tage zuhauf. Havel ist ein Dramatiker, so bekommt man immer wieder zu hören, und kein Politiker. Manche versuchen es diplomatischer auszudrücken und behaupten, daß Havel vielleicht deshalb kein guter Präsident werden würde, weil er ja gar nicht Präsident werden wollte.

Heiligér Václav
So nennen die Tschechoslowaken ihren als Volkshelden gefeierten Philosophenkönig (hier unter dem Sternenbanner der Europäischen Gemeinschaft im Straßburger Parlament im Mai 1990). (action press)

(...) Revolutionen fressen, wie man erfahrungsgemäß weiß, ihre eigenen Kinder. Zweifellos wird Havel eines Tages - leider - zum Prügelknaben werden. Die Schläger wären jedoch gut beraten, sich daran zu erinnern, welchen Widrigkeiten Havels neue Regierung ausgesetzt war und welche Widrigkeiten Havel persönlich unter der langen und dunklen Herrschaft der Kommunisten erfahren mußte. (...) Die Tschechoslowaken sind gerade dabei, zu erkennen, daß der Weg zu politischer und wirtschaftlicher Stärke weitaus dorniger ist, als sie es sich in jenen euphorischen Novembertagen vorgestellt hatten. Havel hat die Geduld des Volkes verdient - und bekommt sie auch in großem Maße. (...) Und die Tschechoslowakei wird noch für einige Zeit einen Mann von Havels Statur benötigen.

›Havel ist eine starke Persönlichkeit, und wir bewundern ihn‹, sagt Iwan Gabal vom Bürgerforum, einer der zahlreichen Architekten der neuen Ordnung. ›Aber wir müssen den Punkt erreichen, an dem wir keine starken Persönlichkeiten mehr brauchen. Wir müssen ein System errichten, das auch funktioniert, wenn wir keinen Staatsmann haben.‹ Man nennt es Demokratie, und Demokratie ist es auch, was Václav Havel aufzubauen versucht - so schnell es diesem außergewöhnlichen Schriftsteller-Präsidenten eben möglich ist.«

(Newsweek vom 30.4.1990)

Havel und Thatcher

»Zwei gegensätzliche Gattungen Mensch - die intelligente politische Moralistin und der intellektuelle moralische Politiker - werden sich morgen begegnen, wenn Margaret Thatcher zu Gesprächen mit Präsident Václav Havel nach Prag fliegt. Zuletzt waren die beiden zusammengetroffen, als Havel im März dieses Jahres London besuchte, und, man glaubt es kaum, beschloß, Frau Thatcher wäre nicht gerade sein Typ von Frau, obwohl die Tschechoslowakei mit ihr durchaus ins Geschäft (...) kommen könnte.«

(The Guardian vom 15.9.1990)

Die USA im Tschechoslowakischen Fieber

»Erst waren es Lech Walesa und seine ›Solidarität‹. Jetzt sind es Václav Havel und der tschechoslowakische Chic. Die Amerikaner waren tief bewegt von der Wiedergeburt der Freiheit in Polen und in anderen osteuropäischen Ländern, aber das Schicksal der Tschechoslowakei und ihres Schriftstellerpräsidenten haben sie sich besonders zu Herzen genommen. Havel ist so etwas wie ein Star geworden seit seinem triumphalen

Westliche Kontakte
Präsident Havel mit der ehemaligen Premierministerin Margaret Thatcher und US-Präsident George Bush. (dpa/2)

Besuch im Februar dieses Jahres in New York und Washington. (...) Sein Buch ›Briefe an Olga‹ (...) ist in den meisten New Yorker Buchläden ausverkauft. Letzte Woche liefen im Fernsehen die Aufzeichnungen seiner beiden Stücke ›Audienz‹ und (...) ›Largo Desolato‹. Eine Ausstellung von Bildern, Skulpturen und Photographien mit dem Titel ›Tschechische Moderne: 1900-1945‹ wurde kürzlich in zwei New Yorker Museen eröffnet, und eine noch größere Schau von Werken tschechischer Künstler ist für Juni dieses Jahres in Los Angeles angekündigt.«

(Newsweek vom 30.4.1990)

Über das »Fernverhör«

»Das Buch vereint Autobiographie, Refelexionen über politische Philosophie, Geschichte und Ästhetik in einem; all das wird zusammengehalten von jenen persönlichen Qualitäten, die einen einsamen Außenseiter, einen als Volksfeind Geächteten in die herausragende Position des Präsidenten seines Landes katapultiert haben: Bescheidenheit, Toleranz, innere Anmut, Beherztheit, scharfsinnige Intelligenz und vor allem: Prinzipientreue. Man mag sich über Herrn Havels Fähigkeiten als Dramatiker streiten – er selbst zieht seine dramatischen Talente ja auch in Zweifel. Das ›Fernverhör‹ jedoch reiht ihn unbestritten in das moralische Pantheon unseres Jahrhunderts ein.«

(The New York Times Book Review vom 17.6.1990)

Über den »Versuch, in der Wahrheit zu leben«

»(...) es scheint keinen historischen Präzedenzfall zu geben, in dem ein Künstler – allein seiner eigenen Wahrheit verpflichtet und unberührt von den Versuchungen alltäglicher politischer Manöver, Kompromisse und Halbwahrheiten – das Amt des Präsidenten seines Landes Übernimmt und zwar nach einer unblutigen Revolution, in der er lediglich die willkommene Stimme des Volkes repräsentierte.

Die sechs in dem Band ›Versuch, in der Wahrheit zu leben‹ veröffentlichten Essays sind in der Zeit zwischen 1975 und 1985 enstanden, als Havel Bühnenautor und zögerlicher Dissident war. (...) So zufiefst ernst sich diese Essays geben, was die Suche nach dem wahren Befinden der so erschreckend sterilen und unbeweglichen tschechoslowakischen Gesellschaft betrifft - der Schritt zum befreienden Lachen ist nie weit. Ein Präsident, der schreiben kann, daß ›jeder, der sich zu ernst nimmt, sich auch bald lächerlich macht‹, ist die Sorte von Führer, die wir uns alle wünschen.«

(The Independent vom 20.1.1990)

Über die Textsammlung »Am Anfang war das Wort«

»Die demokratische Umwälzung in der Tschechoslowakei hat einen Schriftsteller zum Staatspräsidenten gekürt. Ein feierliches Bekenntnis zu einem Intellektuellen, der zu seinem Wort stand - ein Bekenntnis zum Geist schlechthin. Das ist kein allgemeiner Brauch, aber in jenem Land auch nicht ungewohnt. Nach dem Ersten Weltkrieg stand Thomáš Masaryk an der Spitze der Republik, ein angesehener Philosoph und weit gerühmter Humanist. Solchem Beispiel verpflichtet, gebraucht Vácalv Havel die Feder nicht zum ästhetischen Vergnügen, sondern als Waffe für die Verteidigung der Humanität. Die hier vorliegende Textsammlung erlaubt einen Einblick in sein Denken.

Sichtbar wird ein hartnäckiger, keineswegs hektischer Widerständler, nicht laut provozierend, eher mit leisen Tönen, aber unbeugsam. Er schrieb und sprach, dachte und handelte, nahm Verfolgungen auf sich und ertrug Gefangenschaft. Ein Schriftsteller, der das Wort liebt, es aber nicht beim Wort beläßt, erinnert er an Gleichgesinnte, Vorgänger, besonders an Albert Camus' moralische Revolte. (...) Der dichtende Staatspräsident gibt Anstöße, ohne zu vollenden; er bewegt sich in Höhen, indes die Wahrheit der besten Prinzipien sich im Konkreten bewähren muß. Havel war und ist eine moralische Symbolfigur. Will er weiterhin wirksam sein, müßte er von der Höhe der Allgemeinheiten in die Niederungen des Tages herabsteigen.«

(Süddeutsche Zeitung vom 9.7.1990)

Über die Dramen

»Der tschechoslowakische Autor Václav Havel setzt der realen Scheinwelt die Realität des Theaters entgegen. (...) Was Havel von Anfang an mit den Mitteln des absurden Theaters beschrieben hat, war die groteske Wirklichkeit einer bürokratischen (nur sozialistischen?) Gesellschaft ohne ethische Legitimation. In seinen frühen Stücken wird die Novotný-Ära in ihrer verkrusteten Umgangssprache gespiegelt, und Havel legt ›wie mit einem Skalpell‹ die tieferen Schichten ihrer Bedeutung frei. Bereits hier stellt sich ihm die Frage nach der Legitimität des eigenen Verhaltens. Die Suche nach der Wahrheit außerhalb der als verlogen erkannten Normen wird zum eigentlichen Thema, wie es dann in den Stücken der siebziger Jahre vor allem in der Figur des Vanék (›Audienz‹, ›Vernissage‹) seine endgültige Form findet.

(...) Wenn die vermeintlich ›reale‹ Welt in Wahrheit eine ›Scheinwelt‹ darstellt, darauf angelegt, mit ihrer normierenden Kraft den Menschen seiner Identität und Individualität zu berauben, so kann nur in einer ihr entgegengesetzten ›Kunst‹-Welt das Modell der Authentizität entfaltet und aufgehoben werden. Für Havel ist sie das Theater.«

(Deutsches Allgemeines Sonntagsblatt vom 8.9.1985)

»In den letzten Wochen kam es in Prag zu einem wahrhaft historischen Theaterereignis: nach mehr als zwanzig Jahren wurden in drei Theatern drei Stücke von Vacalav Havel aufgeführt. Havels Stücke gehören ohne Zweifel zu den kompliziertesten Theatertexten der Gegenwart. (...) Beeinflußt vom absurden Theater (...) reflektiert er die Wirklichkeit - grob gesagt - als Krise des Sinns und der menschlichen Identität.«

(Neue Züricher Zeitung vom 15.5.1990)

Herrensöhnchen oder Rebell – Prominente über Havel

Ich denke sehr viel an Sie

»Seltsam, wie oft ich an Sie denke, obwohl wir uns selten begegnet sind. Und das ist lange her. (...) Die Situation, in der Sie sind, scheint schlimmer zu sein als die der anderen, wenngleich ich nicht weiß, warum. Vielleicht, weil so viele von uns sich so sehr für den Sozialismus engagiert haben und Menschen, die sich selbst Sozialisten nennen, jetzt das Denken einsperren.«

(Arthur Miller: Ein Monolog für Václav Havel; in Süddeutsche Zeitung vom 28./29.8.1982)

Der politische Häftling

»Václac Havel war eine besonders beliebte Zielscheibe der Verfolgung. Sein Erfolg als Autor im Ausland, die Beliebtheit seiner Stücke, unter der sich der kleine Mann vor allem einen Haufen Geld vorstellt, waren aufreizend. (...) Havels anständiges und höfliches Auftreten, seine ›Kinderstube‹, stark mit dem provozierenden und arroganten Charakter der Umgebung kontrastierend, rief wohl zunächst im Leiter und bei einigen Aufsehern den Eindruck hervor, er sei weich und leicht zu brechen. Das war verführerisch. Um so mehr reizte sie die ihnen ganz unbegreifliche Erscheinung, daß auf Havels sichtbare Verlegenheit über jede Grobheit nicht die erwartete Unterwerfung folgte, sondern stille und ausdauernde Unnachgiebigkeit.«

(Jiří Dienstbier, Havels Freund und jetziger Außenminister der ČSFR, im Nachwort der Briefe an Olga. Reinbek, 1984)

Der Privilegierte

»Das ›verwöhnte Kind‹ (Havel), das ›Herrensöhnchen‹, litt unter den Privilegien, empfand sie als ungerecht, während er gleichzeitig als ›Dickerchen‹ ihretwegen verhöhnt wurde. Ob

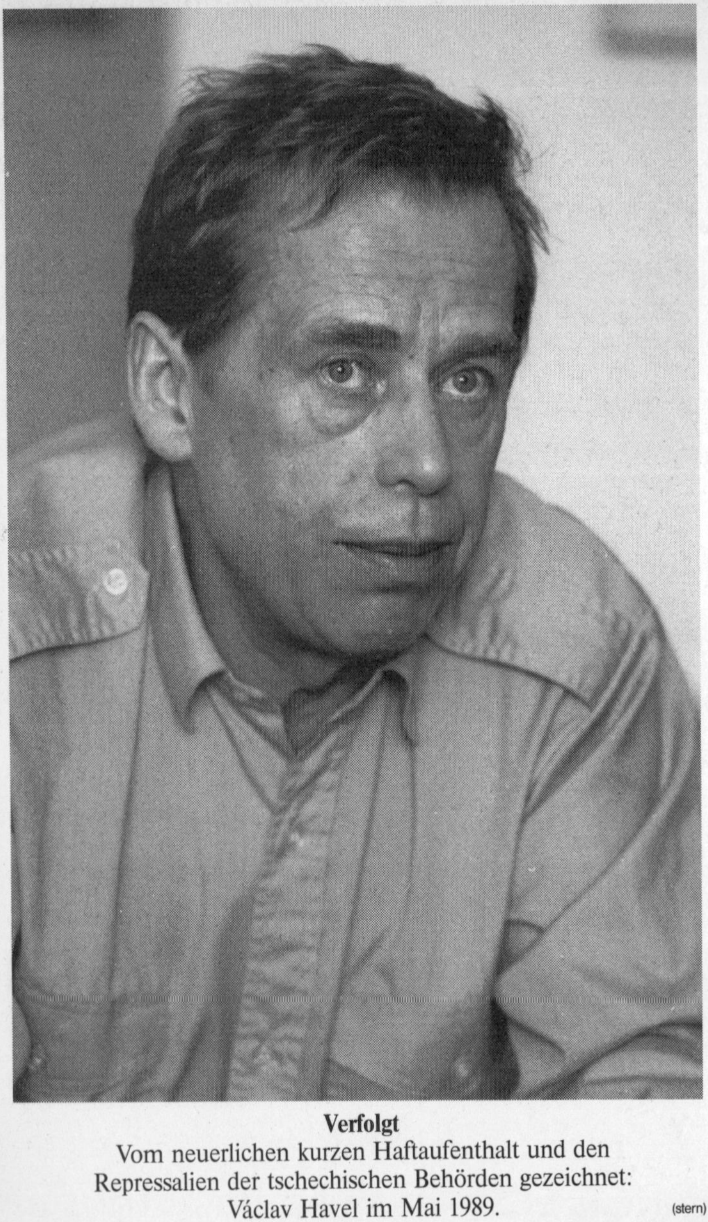

Verfolgt
Vom neuerlichen kurzen Haftaufenthalt und den Repressalien der tschechischen Behörden gezeichnet: Václav Havel im Mai 1989. (stern)

die neuen Herrensöhnchen und -töchter der Nomenklatura (etwa die ›goldene Horde‹ der Ceausescus) je zu dieser Sensibilität fähig wären, zu der Kraft, die in ihr liegt, und die Havel, wie mir scheint, geradezu prädestinierte für das, was man getrost weiterhin als ›Sozialismus mit menschlichem Gesicht‹ nennen sollte? Woher anders als aus den Reihen der privilegierten ›Herrensöhnchen‹ sollte je die Rebellion kommen?«

(Heinrich Böll in Die Zeit vom 7.9.1984)

Pan Václav

»Ungarns demokratische Opposition hat ihm viel zu verdanken. Herr Havel war 1979 so nett, sich einsperren zu lassen, damit sich etwa 300 ungarische Intellektuelle unter den Signaturen eines gemeinsamen Protestbriefs wiederfinden konnten, in interessanter Gesellschaft, verbunden mit den anderen schon dadurch, daß derartige Proteste damals auch Selbstanzeige genannt wurden, eine Herausforderung, der als Antwort bekanntlich irgendeine Unannehmlichkeit folgen würde.

(...) Herr Havel, oder wie die Prager ihn nennen: Pan Václav (...) half also der demokratischen Opposition Ungarns, sich zu organisieren. (...) Und jetzt, zehn Jahre später, gibt Herr Havel wieder Gelegenheit, zusammenzukommen - nunmehr unter besseren Umständen -, weil er wieder im Gefängnis sitzt wegen des Niederlegens jenes bewußten Blumenstraußes, zweifellos mit leichtem Kniebeugen vor der Gesellschaft jener, die für die Freiheit sterben, was eine der Literatur nicht fremde Geste ist.«

(Aus der Rede des ungarischen Schriftstellers György Konrád bei einer Solidaritätsversammlung für den inhaftierten Havel auf dem Budapester Vörösmarty-Platz am 2.3.1989)

Der fröhliche Märtyrer

»Zu Beginn unseres parallel verlaufenden freien Falles unter die Verfemten (Mitte der sechziger Jahre; Anm. d. Red.) besuchten wir Abend für Abend die Weinstube ›Viola‹ auf der

Prager Nationalstraße, wo Poesieabende stattfanden. Wir trafen uns danach mit anderen Schicksalsgenossen und sprachen nächtelang über die harte Prosa unseres Lebens. Eines Abends kam er in Schwarz vom Begräbnis seiner Mutter.

›Lieber Václav‹, sagte ich zu ihm, ›schon lange ist Ihr Kummer zu meinem geworden und umgekehrt, sollten wir uns nicht endlich duzen?‹ Der Mann, der durch seine Herkunft, seinen politischen Werdegang, die Art seines Schreibens und auch durch seinen Lebensstil eines böhmischen Bohemiens der fast absolute Gegenfüßler von mir, einem Prager Preußen, war, wurde mein engster Verbündeter und treuer Freund.

(...) Sympathisanten aus dem Westen hatten mit uns ihre liebe Mühe. In vermeintlich genauer Kenntnis unserer Lage kamen sie mit ernster Miene und fanden braungebrannte, gutgelaunte Hobby-Köche und selbstbewußte Schreiber vor. Allen voran enfaltete Václav Havel alle Eigenschaften eines Renaissance-Adligen. Diese Bild paßte nicht in die gewohnten Schemata, und nur wenige Besucher begriffen, daß gerade durch diese Trotzhaltung die Verfemten imstande waren, die unendliche Durststrecke - heuer bereits das einundzwanzigste Jahr! - ohne große seelische Schäden zu bewältigen.

Fast ein Viertel davon verbrachte der fröhliche Märtyrer hinter Gittern. Der Mensch Havel war es nämlich, den die Macht leicht zu biegen und zu brechen glaubte. Einer wie er, mit ausgeprägter Kinderstube, höflich und leise, an gutes Essen und Trinken gewöhnt, ein Mann, dem kein Genuß des Lebens fremd war - müßte doch zurückschrecken, wenn man ihm Jahre der Isolation und schweren Schinderei unter brutalem Regiment in Aussicht stellt. Ein unsportlicher Typ, ein Kettenraucher und Nachtschwärmer, wird das alles doch nicht aufs Spiel setzen wollen, wenn der Preis nicht höher ist als - das Schweigen!

Er wollte beides nicht, aber wann immer er sich entscheiden mußte, ging er mit seiner Umhängetasche, vollgestopft mit Zigaretten, Lektüre und Zahnbürste ins Gefängnis.«

(Pavel Kohout in Der Stern vom 12.10.1989)

Der Sieger

Nach der Wahl zum Staatspräsidenten: Die Finger zum Victory-Zeichen geformt grüßt Havel Tausende von tschechoslowakischen Bürgern vom Balkon des Prager Schlosses. (AP)

Ein Leben als Kunstwerk

»Es gibt seltene Fälle, in denen es legitim ist, ein Leben mit einem Kunstwerk zu vergleichen. Havels Leben baut auf einem einzigen großen Thema auf; es kennt keine Orientierungswechsel; (...) dieses Leben ist nichts als ein beharrliches Vorwärtsschreiten und vermittelt so den Eindruck einer geschlossenen Komposition.

(...) Havel selbst modelliert sein Leben mit dem Vergnügen eines Künstlers, wie ein Bildhauer dem Stein nach und nach einen Sinn gibt und eine immer prägnanter werdende Form.

(...) Auch wenn Havel für die öffentliche Meinung der Welt vor allem (und ganz zu Recht) der Gründer der Charta 77 ist, ein Dissident, der Jahre im Gefängnis verbracht hat, der wichtigste moralische Repräsentant seines Landes, so wird er doch in seinem Innern ein Dramatiker, ein Theaterdichter bleiben. Das zu ignorieren, heißt ihn mißverstehen.

(...) Durch seine künstlerische Seite unterscheidet sich Havel von allen heutigen großen Politikern.

(...) Seine ersten Stücke versetzten die Zuschauer in ununterbrochenes Gelächter. Ja, am Anfang der Karriere des Václav Havel stand das Gelächter. Der Witz. Skepsis also. Skepsis, das heißt auch Selbstironie. (...) Diese Fähigkeit, die eigene Situation ironisch zu sehen, sein Leben gegen melodramatische Interpretationen schützen zu können, ließe sich als ein Akt der Weisheit betrachten. Unter den großen politischen Persönlichkeiten unserer Zeit sehe ich keinen anderen, der über diese Weisheit verfügt. Es ist die Weisheit eines Dichters.«

(Milan Kundera in El Pais vom 21.12.89/
tageszeitung vom 23.12.89)

Ich bin Dramatiker – Havel über Havel

Der Mensch

»Die zentrale Frage, auf die ich immer wieder zurückgekommen bin, lautete: (...) Erlag ich nicht zu sehr einigen meiner Eigenschaften, die nicht ganz zu meiner Stellung und überhaupt zu meinem Schicksal passen, wie es Vertrauensseligkeit am falschen Platze ist, Höflichkeit oder der dumme Glaube an Spuren guter Absichten im Handeln meiner Widersacher, mein ständiger Selbstzweifel, das Bemühen, mit jedem im Guten auszukommen, das Bedürfnis, sich ständig selbst zu verteidigen und zu erklären, verbunden mit der völligen Unfähigkeit, im persönlichen Kontakt meiner Umgebung Schwierigkeiten zu machen?«

(Aus: Briefe an Olga. Reinbek, 1984)

Der Schriftsteller

»Mein Eintritt in die Literatur hatte (...) den Beigeschmack der Rebellion, und das ist mir irgendwie geblieben: bis heute bin ich für manche eine kontroverse Person. Nicht etwa, weil ich das wollte: ich bin überhaupt nicht der Typus eines Rebells, Revolutionärs oder ›widerständlerischen Bohems‹(...); bloß daß die Logik der Dinge es einfach immer wieder so einrichtet, daß ich mich unwillkürlich in einer solchen Stellung befinden muß.«

(Aus: Fernverhör. Ein Gespräch mit dem tschechischen Journalisten Karel Hvížd'ála. Reinbek, 1990)

Der Politiker

»Mit Politik, Politologie oder Ökonomie habe ich mich nie systematisch beschäftigt, eine ausgeprägte politische Ansicht habe ich nie gehabt und umso weniger öffentlich manifestiert. Ich bin Schriftsteller und meine Berufung habe ich immer als

Der Staatsmann

Havel ist ein begehrter und ernstgenommener Gesprächspartner auf dem Parkett der internationalen Politik

(hier mit Lech Walesa, François Mitterrand, Richard von Weizsäcker und Michail Gorbatschow). (dpa/3, Ullstein)

die Pflicht begriffen, die Wahrheit über die Welt zu sagen, in der ich lebe, von ihren Schrecken und Miseren zu berichten, also eher zu warnen als Anleitungen zu geben. Etwas Besseres vorzuschlagen und es zu verwirklichen, das ist eher die Aufgabe eines Politikers - und ich bin nie Politiker gewesen und habe es nie sein wollen.«

Aus: Fernverhör. Ein Gespräch mit dem tschechischen Journalisten Karel Hvížd'ála. Reinbek, 1990)

»Ich bin Dramatiker, Schriftsteller. Das ist meine Vergangenheit, mein bisheriges Lebenswerk. Auf einmal bin ich Politiker geworden. Ob ich ein erfolgreicher Politiker bin, das müssen andere beurteilen. Diese Frage wird einmal die Geschichte beantworten.

(...) In einem Punkt habe ich als Dramatiker einen Vorteil gegenüber Berufspolitikern: Ich habe eine erhöhte Sensibilität für historische Daten und für Symbole.«

(Die Welt vom 10.3.1990)

Präsident wider Willen

»(...) Ich habe mich nie danach gesehnt, Politiker zu sein. Ich hielt mich und ich halte mich hauptsächlich für einen Schriftsteller. Aber mein ganzes Leben lang begleitet mich auch ein hohes Gefühl der Verantwortung. Es zwingt mich, die Interessen der Menschen, der Gesellschaft, über meine persönlichen Interessen zu stellen. Der politische Wille der Massen hat mich an die Schwelle zum Präsidentenamt gebracht. Da hatte ich keine andere Wahl.«

(Die Welt vom 10.3.1990)

»Ich strebe keine Machtposition an. Ich versuche der Wahrheit zu dienen. Ich bin nur der Königsmacher, nicht der König.«

(Zeitmagazin vom 26.1.1990)

Leben in Wahrheit – Havel-Zitate

Über das Theater

»Dort (im Theater ABC, Anm. d. Red.) begriff ich und konnte täglich ›von innen‹ beobachten, daß Theater nicht nur ein Unternehmen zur Vorführung von Schauspielen sein muß bzw. eine mechanische Summe von Stücken, Regisseuren, Schauspielern, Kartenverkäufern, eines Saals und eines Publikums, sondern daß es auch etwas mehr sein kann: ein lebendiger geistiger Brennpunkt, ein Ort gesellschaftlichen Bewußtwerdens, ein Schnittpunkt von Kraftlinien der Zeit und ihr Seismograph, ein Raum der Freiheit und Instrument der Befreiung des Menschen; daß jede Vorstellung ein lebendiges und unwiederholbares soziales Ereignis sein kann, das in seiner Bedeutung bei weitem über das hinausragt, was es auf den ersten Blick zu sein scheint.«

(Aus: Fernverhör. Ein Gespräch mit dem tschechischen Journalisten Karel Hvížd'ála. Reinbek, 1990)

»Das Theater ist ein kollektiver Läuterungsprozeß, an dem alle beteiligt werden, die Mitwirkenden wie das Publikum. (...) Den dramatischen Text zu lesen ist eine Sache, ihn realisiert auf der Bühne zu sehen eine völlig andere: Was bei der Lektüre als totale Aufhebung einer poitiven Perspektive erscheint, bringt im Theater eine Katharsis.«

(Süddeutsche Zeitung vom 10.10.1989)

Über das absurde Theater

»Persönlich bin ich der Ansicht, daß es (das Absurde Theater; Anm.d.Red.) die bedeutendste Erscheinung in der Theaterkultur des zwanzigsten Jahrhunderts ist, weil es das gegewärtige Menschentum sozusagen in seiner ›Krisenhaftigkeit‹ demonstriert.«

(Aus: Fernverhör. Ein Gespräch mit dem tschechischen Journalisten Karel Hvížd'ála. Reinbek, 1990)

Über den Schriftsteller

»Aufgabe des Schriftstellers ist es nicht, das Sein bloß nach den eigenen Überlegungen zu arrangieren, sondern ihm zugleich als Medium zu dienen, offen für sein vielfach unerforschtes Diktat. Nur so kann das Werk über seinen Schöpfer hinausragen und in seiner Bedeutung weiter strahlen, als er selbst zu sehen imstande ist.«

(Aus: Fernverhör. Ein Gespräch mit dem tschechischen Journalisten Karel Hvížd'ála. Reinbek, 1990)

Über die Wahrheit

»Die Wahrheit findet ihren Weg durch Konflikte. Leben in der Wahrheit bedeutet nicht, einen Idealzustand zu erreichen. Sie fordert von uns einen ständigen Prozeß des Suchens.«

(Die Welt vom 10.3.1990)

»Die Macht muß fälschen, weil sie in eigenen Lügen gefangen ist. Sie fälscht die Vergangenheit, die Gegenwart und die Zukunft. Sie fälscht statistische Daten. Sie täuscht vor, daß sie keinen allmächtigen und zu allem fähigen Polizeiapparat hat, sie täuscht vor, daß sie die Menschenrechte respektiert, sie täuscht vor, daß sie niemanden verfolgt, sie täuscht vor, daß sie keine Angst hat, sie täuscht vor, daß sie nichts vortäuscht.

Der Mensch muß nicht an all diese Mystifikationen glauben. Er muß sich aber so benehmen, als ob er an sie glaubt, muß sie zumindest schweigend tolerieren oder sich wenigstens gut mit denen stellen, die mit den Mystifikationen operieren. Schon deshalb muß er aber *in Lüge leben.*

Er muß die Lüge nicht akzeptieren. Es reicht, daß er das Leben mit ihr und in ihr akzeptiert. Schon damit nämlich bestätigt er das System, erfüllt es, macht es – *er ist das System.*

(...) Die tiefe Krise der menschlichen Identität, die das ›Leben in Lüge‹ bewirkt und die dieses Leben wiederum ermöglicht, hat zweifellos ihre moralische Dimension: Sie

Nachdenklich
»Die Wahrheit findet ihren Weg durch Konflikte und fordert von uns einen ständigen Prozeß des Suchens.«
(Václav Havel) (dpa)

wirkt sich - außer anderem - als tiefe *moralische Krise der Gesellschaft* aus. Ein Mensch, der der Konsumwertskala verfallen ist, im Amalgam des zivilisatorischen Herdendaseins ›aufgelöst‹ und in der Seinsordnung durch kein Gefühl höherer Verantwortung als der Verantwortung dem eigenen Überleben gegenüber verankert ist, ist ein *demoralisierter* Mensch. Das System stützt sich auf diese Demoralisierung, es vertieft sie, es ist ihre gesellschaftliche Projektion.

Das ›Leben in Wahrheit‹, als Rebellion des Menschen gegen die ihm aufgezwungene Position, ist dagegen ein Versuch, wieder die Verantwortung für sich selbst zu übernehmen, es ist also deutlich ein *moralischer* Akt. Nicht nur deshalb, weil der Mensch dafür so teuer zahlen muß, sondern vor allem deshalb, weil er uneigennützig ist: Dieser Akt kann sich sozusagen

Debatten
Einer der konspirativen Mittelpunkte der tschechoslowakischen Opposition war Václav Havels Prager Wohnung. Hier steht er während der »samtenen Revolution« 1989 Interessierten Rede und Antwort. (stern)

›lohnen‹, indem er zur allgemeinen Besserung der Verhältnisse führt (...).

Da das ›Leben in Wahrheit‹ (...) zum Hauptnährboden jeglicher unabhängigen und alternativen Politik wird, müssen alle Überlegungen über den Charakter und über die Perspektiven dieser Politik zwangsläufig auch diese seine moralische Dimension als *politisches Phänomen* reflektieren.«

(Aus: Versuch, in der Wahrheit zu leben. Reinbek, 1989)

Über den Opportunismus

»Wenn sich ein Mensch jeden Tag schweigend einem unfähigen Vorgesetzten unterwirft, wenn er täglich mit ernstem Gesicht Ritualhandlungen absolviert, die ihm eigentlich lächerlich vorkommen, wenn er ohne Zögern in einem Fragebogen das Gegenteil seiner wahren Meinung schreibt und bereit ist, sich öffentlich von sich selber loszusagen, wenn er ohne Schwierigkeiten dort Sympathie oder gar Liebe vortäuscht, wo er in Wirklichkeit nur Gleichgültigkeit oder Widerwillen empfindet, bedeutet das alles noch nicht, daß er eines der menschlichen Grundgefühle verloren hat - das Gefühl der Demütigung. Wer es vermag, sich seiner Demütigung unmittelbar zu widersetzen, vermag es auch, sie schnell zu vergessen; wer sie dagegen lange schweigend erträgt, behält sie auch lange in Erinnerung. So wird in Wirklichkeit nichts vergessen: all die erlittene Angst, all die erzwungene Heuchelei, die ganze peinliche und unwürdige Possenreißerei und vielleicht vor allem das Gefühl der eigenen Feigheit - das alles setzt sich ab, sammelt sich irgendwo am Boden des gesellschaftlichen Bewußtseins, arbeitet dort leise weiter und sprudelt in der ›Stunde der Wahrheit‹ hervor.«

(Aus: Brief an Husák vom 8.4.1975. Reinbek, 1977)

Über den Menschen

»Ich persönlich habe immer gedacht, daß in jedem Menschen etwas Gutes ist. Ob es ein zu Recht verurteilter Häftling ist oder ein tyrannischer Gefängnisaufseher. Ich glaube, daß es gelingen wird, ein Klima zu schaffen, das die besseren Eigenschaften in den Menschen wecken wird.«

(Der Stern vom 11.1.1990)

Über das Gefängnis

»Jahrelang mußte ich in einer Atmosphäre der Angst leben, des systematischen Brechens des Charakters, der Denunziation und Erziehung zum Egoismus, in der Atmosphäre von

Intrigen und direkter oder verschiedenartig bürokratischer Schweinereien, stumpfer Disziplin und willkürlichen Schikanen, Erniedrigungen und Beleidigungen, dabei ohne die Möglichkeit eines auch nur primitivsten positiven psychischen Erlebnisses. (...)

(...) Das Gefängnis kommt mir ein wenig wie ein ›futurologisches Laboratorium der Totalität‹ vor: alle (...) Arten der Manipulation durch das System und der Kontrolle (...) sind dort zu einer Vollkommenheit entwickelt, von der unser System in der Sphäre der ›Außenwelt‹ bisher nur träumen kann.

(...) Das gegenwärtige Gefängnis ist längst nicht mehr auf unmittelbarem psychischem Leiden gegründet, obwohl dort auch selbstverständlich hin und wieder geprügelt und gehungert wird, sondern auf etwas Schlimmerem: es ist ein zusammenhängender, täglicher und ganztägiger Angriff auf die Psyche, Nerven und sittliche Integrität des Menschen.«

(Interview nach der Haftentlassung, Stuttgarter Zeitung vom 11.8.1983)

Vom Häftling zum Präsidenten

»Mein Vorgänger in diesem Amt, Husák, war in den fünfziger Jahren länger im Gefängnis gewesen als ich, hat mehr gelitten. Das bedeutet überhaupt nicht, daß er ein guter Präsident war.«

(Der Stern vom 11.1.1990)

Über die neue Republik

»Ich werde froh sein, wenn diese Republik nicht nur demokratisch ist, nicht nur wirtschaftlich prosperierend, nicht nur sozial gerecht, sondern hauptsächlich menschlich.«

(Der Stern vom 11.1.1990)

Über die Nationalität

»Ich meine (...), daß es nicht mehr so entscheidend ist, wo der Mensch gerade lebt, welche Staatsbürgerschaft er hat. Wichtig ist, was er tut.«

(Die Welt vom 10.3.1990)

Über die europäische Neuordnung

»Es muß eine Ordnung geschaffen werden und gelten, nach der jeder Staat frei entscheiden kann, wie er seine inneren Angelegenheiten regelt. Das gilt auch für seine Beziehungen zu anderen Staaten. (...) Die Zeit der Bevormundung und der Abhängigkeiten ist vorbei. Jetzt gelten Freiheit und Selbstbestimmung. Sie werden auch zu einer höheren Stufe der europäischen Integration führen. Da bin ich ganz sicher. (...) Die Tschechoslowakei gehört zu Europa, ihre Zukunft liegt hier. Das ist unumkehrbar.«

(Die Welt vom 10.3.1990)

Über Deutschland

»Die Deutschen haben das Recht, sich zu vereinigen. Ich hoffe aber auch, daß dadurch keine Komplikation für die Einheit Europas ensteht. Ein vereinigtes Deutschland sollte zum Motor des europäischen Einigungsprozesses werden.

(...) Angst vor einem vereinigten Deutschland habe ich nicht, denn ich bin sicher, daß es demokratisch und friedfertig sein wird, daß es auch seine Zukunft in Europa sieht und radikale Kräfte dort keine Chance haben werden. Aber ich habe auch Verständnis dafür, daß andere, die sich vielleicht direkter als die Tschechoslowakei von einer Vereinigung Deutschlands betroffen fühlen, anderer Meinung sind.

(...) Ich halte es (...) für einen traurigen Zufall der Geschichte, daß der Vereinigungsprozeß in Deutschland in Wahlkämpfe hineinfällt - Wahlkämpfe in der DDR und in der

Bundesrepublik Deutschland. Das kompliziert manches. Leider.«

(Die Welt vom 10.3.1990)

Über die Charta 77

»Die Charta 77 enstand nicht aus dem Sehnen heraus, einem ideologischen Programm ein anderes entgegenzustellen; sie wollte keine politische Kraft werden, sie tritt nicht als bessere Alternative zu denjenigen auf, die an der Macht sind.

(...) Im Jahre 1976 wurden die Mitglieder und Mitarbeiter der Rockgruppe ›The Plastic People of the Universe‹ ins Gefängnis gesperrt. Die Macht, so zeigte sich da, griff nun nicht mehr nur ihre politischen Gegner, sie griff direkt das Leben an, seinen Willen, sich auf eigene Art irgendwie zu artikulieren. Die Solidaritätskampagne, die damals entstand, war ein deutlicher Spiegel der (...) Veränderung und mündete schließlich in das Auftreten der Charta 77. In ihr verbanden sich Schriftsteller und Politiker, Kommunisten und Nichtkommunisten, Katholiken und Protestanten, Intellektuelle und Arbeiter, Universitätsprofessoren und nichtkonforme Jugend. Sie verbanden sich nicht auf politischer Basis, sondern aus rein ethischen Gründen.

Es war nicht das Ergebnis kaltblütiger Spekulation, gestützt auf politologische Analyse. Der Nährboden war eher das Gewissen als der Verstand. Die Charta ist nicht aus rationalen Erwägungen entstanden, sondern aus der inneren Logik der Dinge, d.h. aus der Logik der Situation und der Logik der menschlichen Reaktion auf sie. Sie entstand aus dem Willen, die aufgezwungene Schizophrenie abzulehnen; den Horizont der persönlichen Interessen und der persönlichen Angst zu überschreiten; nicht länger die Kleider des nackten Kaisers zu loben, sich, kurz gesagt, in Übereinstimmung mit dem eigenen Gewissen zu verhalten und sich ganz einfach aufzurichten. Es war der Versuch des Erniedrigten, das Haupt zu heben, des zum Schweigen Gebrachten, den Mund aufzutun, des Beloge-

Müdigkeit
Portrait von Václav Havel Anfang der achtziger Jahre. (stern)

nen, sich gegen die Lüge zu empören, des Manipulierten, sich von der Manipulation zu befreien, des Menschen, Würde und Integrität wiederzufinden.

(...) Die Unterzeichner der Charta (...) haben ihren Schritt getan, im vollen Bewußtsein (...), »daß Dinge existieren, für die zu leiden lohnt.

(...) Man kann (mit Ladislav Hejdánek) sagen, die Ziele der Politik seien endlich, die Ziele der Charta unendlich. Sie sind unendlich, weil sie sittlich sind.

(...) Was (...) ständig gilt und niemals seine Dringlichkeit verliert, ist das Prinzip, daß der Staatsbürger Mitverantwortung für das Schicksal des Ganzen übernehmen und sich in ihrem Geiste verhalten soll: Laut die Wahrheit sagen; die anderen und die Macht mit ihr bekannt machen; von der Macht fordern, diese Wahrheit zu beachten; und mit dem allem einen Raum für die öffentliche demokratische Diskussion eröffnen und den Grundsatz der Teilnahme an der Verwaltung der öffentlichen Dinge und das Recht aller an einer solchen Teilanhme bestärken.

(...) Die Charta ist unter anderem aus dem Bewußtsein von der Unteilbarkeit der Freiheit und des Rechts enstanden. Es ist nicht möglich, Staatsbürger zu sein und zugleich andere daran zu hindern, Staatsbürger zu sein. Wird einem einzigen dieses Recht genommen, ist es für alle beschnitten. Das heißt, daß niemand aufgrund seiner Überzeugung, seines Glaubens, seiner Herkunft, seines Geschlechts, seiner sozialen oder Interessengruppenzugehörigkeit und ähnlicher Attribute a priori größere oder kleinere Rechte und Pflichten hat als ein anderer.

Aus diesem Grundsatz erwächst die Pluralität der Charta als ihr inneres Prinzip und allgemeines Ideal.

(...) Die Charta zwingt niemanden zu etwas , sie versucht nicht zu belehren, niemandem nimmt sie es übel, daß er sie nicht unterstützt. Wenn sie trotzdem *Aufruf* ist, dann bloß ein indirekter Aufruf. Was sie tut, tut sie von sich aus und auf eigenes Risiko, sie erinnert höchstens daran, was zu tun möglich ist. Daß also, kurz gesagt, jeder bei sich selbst und sofort anfangen kann.

Ausländische Journalisten sagen mir hin und wieder, die Charta könne doch keine große gesellschaftliche Bedeutung haben, wenn es nur so wenige Unterzeichner gebe. Das erinnert mich an die berühmte Frage Stalins, wieviel Divisionen der Papst habe.«

(...) Ich bin der festen Überzeugung – und Tausende größere und kleinere allgemeine und persönliche Erfahrungen bestätigen mich immer wieder darin –, daß das Eindringen der Charta in das Bewußtsein der Gesellschaft unverhältnismäßig viel tiefer und bedeutender ist, als man aus der Anzahl derjenigen ableiten könnte, die sie unterschreiben oder für sie demonstrieren. Obwohl die Staatsmacht schon so viele Male versucht hat, sie zu begraben, existiert die Charta immer noch – so kräftig, daß heute niemand mehr ernstlich versucht, sie zu begraben.

(...) Heute ist die Charta ein Bestandteil des gesellschaftlichen Lebens, trotz ihrer seltsamen Stellung einer vom Staat tolerierten Gemeinschaft vom Staat deklarierter Feinde.

(...) Viele Male bin ich darauf gestoßen, daß Menschen, die sich in diesem oder jenem Maße der Macht anpassen, betonen, wenn die Charta nicht wäre, würden sie sich ihr sehr viel stärker anpassen. Die Menschen spüren die Charta sozusagen in ihrem Rücken.

(...) Mit dem Augenblick des Auftretens der Charta geriet wieder Leben in das Spiel der Beziehungen. Der Körper, der tot zu sein schien, gab auf einmal wieder Lebenszeichen. Die Geschichte kehrte unter uns zurück. Das Ende öffnete sich wieder.«

(Zum zehnjährigen Bestehen der Bürgerrechtsbewegung Charta 77 in Die Welt vom 21.2.1987)

Über die Friedensbewegung

»Ich kann nur sagen, daß ich die jungen, langhaarigen Leute, die in den verschiedenen westlichen Städten für den Frieden demonstrieren und die ich (im Gefängnis; Anm.d.Red.) in den Fernsehpflichtstunden zu den Nachrichten fast täglich zu sehen die Möglichkeit hatte, für meine Brüder und Schwestern halte.«

(Stuttgarter Zeitung vom 11.8.1983)

Über die Macht

»Die Grenze zwischen Macht und Machtlosigkeit verläuft innerhalb eines jeden Menschen. Jeder ist zugleich Gefangener und Gefangenenaufseher.

Es ist eine durch und durch zweischneidige Situation. Und für die totalitäre Macht selbst sehr gefährlich. Sie stärkt zwar die Allgegenwart, doch zugleich auch - paradoxerweise - die Allgegenwart dessen, was diese Macht unterdrücken will: die souveränen Intentionen des Lebens. Diese sind zwar verborgen, reguliert und zensiert, doch sie wissen von sich, und schon allein dadurch, daß sie als Machtlosigkeit reflektiert werden, bedrohen sie die Macht. Dadurch, daß die Sphäre der Identifizierung mit der Macht so uferlos ausgedehnt wurde, ist auch die Sphäre der Identifizierung mit der Machtlosigkeit ungewöhnlich ausgedehnt worden. Die Beherrschten werden von der Macht zersetzt und die Herrscher von der Machtlosigkeit. Jeder tut, was er soll, aber jeder hat dabei seine eigenen Gedanken. Diese Schizophrenie spaltet innerlich auch viele der höchsten Machthaber.

Die wirklichen Intentionen des Lebens, sei es noch so gefesselt, durchdringen also die gesamte Machtstruktur und kennzeichnen durch ihren stillen, allgegenwärtigen Druck allmählich auch ihr Gesicht. Die Macht paßt sich an die Gesellschaft an, weil die Gesellschaft - die so umfangreich mit der Macht verknüpft ist - sie unauffällig an sich anpaßt. Sehr allmählich und vielfach ziemlich problematisch enteignet so schließlich

Die Dissidenten
Ladislav Lis,
Jiří Dienstbier und
Václav Havel:
die Initiatoren der
»Charta 77«.

(Süddeutscher Verlag)

die Gesellschaft der Macht ein Stück ihrer Macht. Schon deshalb ist es außerordentlich wichtig, was unter der Oberfläche ihres Apparates geschieht.

(...) Es wäre ein großer Fehler, die *unsichtbare Gesellschaft* zu unterschätzen und die ganz eigenartige Bedeutung, die in ihr unter gewissen Umständen sittliche oder überhaupt existentielle Erscheinungen und Taten gewinnen können.«

(Zum zehnjährigen Bestehen der Bürgerrechtsbewegung Charta 77 in Die Welt vom 21.2.1987)

Politische Zeittafel

1918
Am 28. Oktober wird die Erste Tschechoslowakische Republik (ČSR) als Nachfolgestaat der österreichisch-ungarischen Monarchie in Prag ausgerufen. Gründerpräsident ist Thomáš Garrigue Masaryk, ein tschechischer Philosoph und Humanist, ein Intellektueller mit starkem Charisma.

1935
Masaryk tritt aus gesundheitlichen Gründen zurück. Sein Nachfolger wird der langjährige Außenminister der Ersten Republik, Edvard Beneš, dem es schwerfällt, das Vermächtnis seines großen Vorgängers zu realisieren.

1936
Václav Havel wird am 5. Oktober als Sohn von Václav M. und Božena Havel in Prag geboren. Seine Familie ist angesehen und reich.

1938
Am 30. September wird von Chamberlain, Mussolini, Daladier und Hitler das »Münchner Abkommen« geschlossen, das zur Einverleibung der deutschsprachigen Gebiete in der Tschechoslowakei als Sudetenland führt und das Ende der jungen Republik besiegelt.

1939–45
Aus der Ersten Tschechoslowakischen Republik wird das »Reichsprotektorat Böhmen und Mähren«, das dem Großdeutschen Reich angegliedert ist, sowie der »Schutzstaat Slowakei« mit weitgehender Beschneidung der politischen Souveränität. - Beneš bildet in London eine Exilregierung, erwirkt von England und Frankreich die Annullierung des Münchner Abkommens und schließt 1943 einen Freundschaftspakt mit der UdSSR.

1945
Die von der UdSSR »befreite« Tschechoslowakei wird wiederhergestellt, mit Ausnahme der an die Sowjetunion abgetretenen Karpato-Ukraine. Die überwiegende Mehrheit der deutschstämmigen Bevölkerung wird ausgewiesen und vertrieben. Im Mai tritt Beneš erneut sein Amt als Staatspräsident an, allerdings unter neuen Vorzeichen: die Rechtsparteien sind verboten, die bürgerlich-demokratischen und sozialistischen Parteien sind zur (regierenden) Nationalen Front vereinigt. Die mit Hilfe der Sowjetunion im Exil erstarkte kommunistische Partei (KPČ) hat in ihrem Generalsekretär und amtierenden Ministerpräsidenten Klement Gottwald einen ehrgeizigen Statthalter Moskaus an ihrer Spitze und vollzieht schließlich eine schleichende Machtübernahme.

1948
Unter dem Druck der Kommunisten tritt Beneš am 7. Juni zurück. Sein Nachfolger im Amt des Staatspräsidenten wird Klement Gottwald. Die kommunistische Umorganisation der Tschechoslowakei beginnt, eine Verfassung nach sowjetischem Vorbild, die die Tschechoslowakei zur »Volksdemokratie« macht, wird verabschiedet. Die anderen Parteien werden gleichgeschaltet. – Im Zuge der Verstaatlichung wird auch das Vermögen der Havels konfisziert; die Familie muß Prag verlassen.

1953
Am 14. März stirbt Klement Gottwald, drei Tage nach der Rückkehr von Stalins Beisetzung in Moskau. Zum neuen Staatspräsidenten wird Antonín Zápotockký ernannt, zum Ersten Generalsekretär Antonín Novotný, der auch in starkem Maße für die stalinistischen Säuberungsaktionen und zahlreichen Schauprozesse in der Tschechoslowakei der fünfziger Jahre verantwortlich zeichnet.

1955
Am 14. Mai tritt die Tschechoslowakei dem Warschauer Pakt bei.

1957
Unter Beibehaltung seines Postens als Parteisekretär wird Novotný nach dem Tode Zápotockýs Staatspräsident der Tschechoslowakei.

1960
Am 11. Juli wird das neue sozialistische Grundgesetz verabschiedet, die ČSR in ČSSR umbenannt.

1962
Die Demontage des Prager Stalin-Monuments leitet mit Verspätung die Enstalinisierungsphase auch in der ČSSR ein. Die tschechoslowakische Gesellschaft befindet sich im Aufbruch.

1963
Mit Hilfe der im September eingesetzten vier »autoritativen Kommissionen des ZK« kann Novotný jedoch die Parteikontrolle über den Staat weiter ausbauen. Eine gesteigerte ökonomische Abhängigkeit von der Sowjetunion zwingt die Prager Führung nun wieder auf einen konservativen Moskauer Kurs.

1966
Gegen die immer stärker werdende Kritik am pervertierten Marxismus und die allmähliche Herausbildung einer Gruppe liberal-demokratischer Reformer versucht die KPČ mit härteren repressiven Maßnahmen anzukommen.

1967
Auf dem IV. Schriftstellerkongreß vom 27.–29. Juni, auf dem Havel eine herausragende Rolle spielt, wird gnadenlose Kritik der politischen, wirtschaftlichen und sozialen Verhältnisse artikuliert.

Am 31. Oktober kommt es zu Studentendemonstrationen, die von der Polizei brutal zerschlagen werden.

1968
Am 5. Januar wird zur Stabilisierung der politisch prekären Lage der Reformkommunist Alexander Dubček zum Ersten Sekretär des ZK der KPČ gewählt. Es gelingt ihm nicht, seinen gemäßigten Kurs für einen »Sozialismus mit menschli-

chem Anlitz« gegnüber dem Kreml durchzusetzen. Durch die Invasion der Warschauer-Pakt-Truppen wird dem »Prager Frühling« in der Nacht vom 20. auf den 21. August ein blutiges Ende bereitet. Die Sowjetunion sichert sich auf unbestimmte Zeit das Recht, Truppen in der ČSSR zu stationieren. In einem »Geheimprotokoll« (26. August) verpflichtet sich die tschechoslowakische kommunistische Führung, alle Reformen zügig rückgängig zu machen.

1969
Am 16. Januar unternimmt der Philosophiestudent Jan Palach aus Protest gegen die anhaltende Okkupation eine öffentliche Selbstverbrennung. Der linientreue Gustáv Husák tritt im April die Nachfolge von Alexander Dubček als Generalskretär der KPČ an. Damit beginnt die sogenannte »Normalisierungs- oder Konsolidierungsphase«, in der der ›Gedanke des Prager Frühlings‹ restlos ausgemerzt wird. In diesem Jahr verlassen 28000 Tschechen und Slowaken das Land. Es beginnt eine Zeit der politischen Resignation und gesellschaftlichen Stagnation.

1975
Havel, der wie fast alle seiner Landsleute die Flucht ins Private angetreten hatte, durchbricht mit einem offenen kritischen Brief an Partei- und Staatschef Husák als erster die Atmosphäre der Apathie und des Schweigens.

1977
In Anlehnung an die Schlußakte der KSZE-Konferenz in Helsinki gründet sich am 1. Januar die Bürgerrechtsbewegung »Charta 77«, die von namhaften Künstlern, Wissenschaftlern und Oppositionellen unterschrieben wird und im westlichen Ausland auf breite Unterstützung stößt. Einer ihrer Gründer und Sprecher ist Václav Havel.

1978
Die Kampagnen gegen den Prager Frühling und die Unterzeichner der Charta 77 schaden dem Ansehen der ČSSR weltweit.

1979
Havel wird wegen der »Gründung einer illegalen Vereinigung« zu viereinhalb Jahren Haft verurteilt und mit Schreibverbot belegt.

1980
Gustáv Husák wird von der Bundesversammlung für weitere fünf Jahre als Präsident bestätigt.

1983
Havel wird schwer krank aus dem Gefängnis entlassen. Bald nach seiner Rückkehr steigt der nun international bekannte Dissident zur Symbolfigur und zum Sprecher der wiedererwachten tschechoslowakischen Opposition auf.

1989
Die beginnenden öffentlichen Bürgerproteste reißen trotz gewaltsamer Repressalien des Regimes nicht ab. Am 20. November gründet sich das Bürgerforum, dem auch Havel angehört. Am 10. Dezember muß Husák dem Druck der »samtenen Revolution« weichen und tritt zurück. Am 29. Dezember wird der ehemalige Dissident und jetzige Volkstribun Havel vom Prager Parlament einstimmig zum neuen Staatspräsidenten der Tschechoslowakei gewählt. Alexander Dubček wird Parlamentspräsident.

1990
Bei den im Juni erfolgten ersten freien Parlamentswahlen in der Tschechoslowakei seit 44 Jahren erringt das von Havel angeführte Bürgerforum und seine slowakische Schwesterorganisation die überragende Mehrheit der Sitze. Am 5. Juni wird Havel für eine zweijährige Legislaturperiode erneut zum Präsidenten gewählt.

Präsident wider Willen

Weil kein anderer Kandidat zur Verfügung stand, stellt sich Václav Havel zur Wiederwahl und unterzeichnet am 5. Juli 1990 die Präsidentenurkunde. (Keystone)

Václav Havel – Kurzbiographie

Familie und Kindheit

Am *5. Oktober 1936* kommt Václav Havel als Sohn des bekannten und reichen Restaurateurs, Architekten und Grundbesitzers Václav M. Havel und dessen Frau Božena, geborene Vavrečková, in *Prag* zur Welt. Havels Großvater väterlicherseits ist ein berühmter Bauunternehmer und Architekt, der neben vielen Jugendstilhäusern den heute noch betriebenen Vergnügungspalast Lucerna, das erste Eisenbetongebäude in Prag, errichtet. Der Großvater mütterlicherseits ist tschechoslowakischer Botschafter, Gelegenheitsschriftsteller, Redakteur, Schuhfabrikdirektor und für ein paar Tage sogar Minister. Havels Vater ist das, was man allgemein als erfolgreichen Geschäftsmann bezeichnet: Er mehrt das Ansehen und Vermögen der Familie, indem er einen leeren Hügel hinter Prag aufkauft und dort das Villenviertel Barrandov hochzieht. Sein Bruder, der sich von jung auf dem Film gewidmet hat, baut in Barrandov die gleichnamigen Filmstudios und ist während der ersten Republik und des Protektorats der »tschechische Filmmagnat«.

Havel selbst verbringt seine Kindheit in einer – wie ihm später vorgeworfen werden soll – *»bourgeoisen« Umgebung* mit Erzieherin, Köchin, Dienstmagd, Gärtner und Chauffeur. Trotz des großbürgerlich-kapitalistischen Ambientes herrscht im Hause der Havels eine ideelle Atmosphäre des *Humanismus Masarykscher Prägung*; bedeutende Zeitgenossen gehen dort ein und aus. Havel selbst leidet jedoch darunter, ein »Herrensöhnchen«, ein »vollgefressenes Dickerchen«, ein bürgerlicher Außenseiter zu sein. Vielleicht sind auch diese Umstände Gründe dafür, daß er bereits in seiner Kindheit und frühesten Jugend mit dem Verfassen von Gedichten beginnt und mit dreizehn Jahren sogar ein philosophisches Buch schreibt.

1948, als er zwölf Jahre alt ist, wird im Zuge der Verstaatlichung privaten Eigentums durch die kommunistische Regierung das *Familienvermögen konfisziert.* Havels Vater ist fortan gezwungen seinen Lebensunterhalt als Büroangestellter zu verdienen. Seine Mutter arbeitet als Fremdenführerin.

Ausbildung und erste Schritte des Dramatikers

Als einem unter dem neuen Regime verpönten Sprößling der Bourgeoisie wird Václav Havel - im Gegensatz zu den staatlich geförderten Arbeiterkindern - der Zugang zum Bildungssystem erschwert. *1951* muß er die Schule verlassen, wird Zimmermannslehrling und dann *Chemielaborant.* Während er Anfang der fünfziger Jahre tagsüber im Labor tätig ist, holt er durch einen illegalen Eintritt in das *Abendgymnasium* nach, was ihm verwehrt werden soll: *1954* macht Havel sein *Abitur.* In dieser Zeit gehört Havel zur sogenannten »36er Gruppe«, einem Kreis von kulturpolitisch interessierten Freunden, die eine kleine Zeitschrift herausgeben und Symposien veranstalten.

Da Havel nach dem Abitur weder zum Studium der Kunstgeschichte, noch an der Theaterfakultät der Akademie der Künste und der Filmhochschule zugelassen wird, studiert er, um vorübergehend dem Militärdienst zu entkommen, von *1955 bis 1957* an der ökonomischen *Fakultät der Technischen Hochschule* in Prag »Automation des Verkehrswesens«. Die Vorlesungen, die er besucht, handeln von Schotter und Straßenbau, Havels Interessen jedoch konzentrieren sich auf Literatur, Film und Theater. *Mitte der fünfziger Jahre* enstehen neben Gedichten seine *ersten kulturkritischen Essays*, wovon der wichtigste eine Monographie des tschechischen Schriftstellers und Malers Josef Čapek, Bruder des berühmten Dramatikers und Romanciers Karel Čapek, darstellt. *1956*, während des Ungarnaufstands, fällt Havel zum ersten Mal öffentlich auf, als er zu einem dreitägigen *Schriftstellersymposion* auf Schloß Dobříš eingeladen wird und durch eine scharfe Rede über die Refobrmheuchelei des Schriftstellerverbandes die Anwesenden in starke Bedrängnis bringt.

Von *1957 bis 1959* muß Havel dann doch seinen *Armeedienst* bei den Pionieren ableisten. In diesem Zeitraum steht er in Pavel Kohouts Drama »Septembernächte« in der Rolle des »bösen Offiziers« erstmals auf der Bühne. Für die frisch gegründete Soldatenbühne schreibt Havel sein allererstes Stück, das er mit mehr als 40 Personen besetzt, um auf diese Weise möglichst viele Kameraden vom Exerzieren befreien zu können.

Nach seiner Rückkehr vom Wehrdienst will er nicht in seinen alten Beruf als Laborant zurückkehren. Gleichzeitig hört er auf, Gedichte zu schreiben (ausgenommen die spätere Sammlung typographischer Poesie), und wendet sich endgültig dem Schauspiel zu. Familiären Beziehungen verdankt Havel schließlich *1959* einen Job als *Kulissenschieber am Prager Theater »ABC«. 1960* wechselt er, immer noch als Bühnenarbeiter, zum neu gegründeten *»Theater am Geländer«*, ist dort engster Mitarbeiter des Schauspielchefs Jan Grossman und wird nacheinander Beleuchter, Sekretär, Lektor und Dramaturg. Nebenher absolviert er mit Auszeichnung ein *Fernstudium in Theaterwissenschaften*, das ihm Freunde vermittelt haben. Im »Theater am Geländer« avanciert er in dieser Zeit auch zu einem der Hausautoren. *1963* wird im »Theater am Geländer« *»Das Gartenfest«*, sein erstes abendfüllendes Schauspiel inszeniert. Es handelt sich dabei um eine Satire über die Mechanisierung des Menschen in einer total verwalteten Welt, über den Verlust von Sprache und damit der menschlichen Identität durch eine von oben diktierte Sprachregelung.

1964 heiratet er die theaterbegeisterte *Olga Splichalová.* Im gleichen Jahr tritt Havel dem tschechoslowakischen *Schriftstellerverband* bei und wird Mitarbeiter der jungen und unbequemen Verbandszeitschrift *»Tvář«*. Ende 1964 lernt Havel den damals schon bekannten Dramatiker Pavel Kohout kennen, als er Unterschriften für einen außerordentlichen Schriftstellerkongreß zur Abschaffung der Zensur und für unabhängige Zeitungen sammelt. Kohout sollte zum engen Vetrauten und treuen Mitstreiter Havels werden.

Mit seinem zweiten Drama *»Die Benachrichtigung«*, das *1965* im »Theater am Geländer« uraufgeführt wird, gelingt ihm der *internationale Durchbruch.* In dieser absurden Komödie entwickelt Havel das Motiv der Entfremdung durch Sprachverlust (»Gartenfest«) weiter zu einer politischen Metapher über alle Systeme, die das menschliche Ich zerstören, indem sie es durch Bürokratie und Manipulation entpersönlichen.

Der Aufstieg des Dramatikers und der Prager Frühling

Noch bevor Havels drittes Stück *»Die erschwerte Möglichkeit der Konzentration«* im April *1968* im »Theater am Geländer« erstmals inszeniert wird, spielt man seine Dramen bereits auf deutschen und anderen ausländischen Bühnen. So bedeutende literarische Persönlichkeiten wie der in der Tschechoslowakei geborene englischsprachige Dramatiker Tom Stoppard entdecken Havels Werk für sich und die Öffentlichkeit. Havel beginnt zu reisen und interviewt für ein geplantes Buchprojekt rund 30 tschechoslowakische Persönlichkeiten des 48er-Exils. *Anfang 1968* hält er sich anläßlich der amerikanischen Premiere der »Benachrichtigung« für sechs Wochen in den *Vereinigten Staaten* auf. Diese Produktion am New Yorker Joseph Papp's Public Theatre erhält den *»OBIE-Bühnenpreis«* für die beste ausländische Off-Broadway-Inszenierung der Spielzeit 67/68. Zwei Jahre später zeichnet man »Die erschwerte Möglichkeit der Konzentration« mit dem gleichen Preis aus. Bereits *1969* wird ihm der *Österreichische Staatspreis für Europäische Literatur* verliehen.

Im Vorfeld und während des für die tschechoslowakische Geschichte so schicksalhaften *»Prager Frühlings«* im Jahre *1968* engagiert sich auch Havel politisch. Auf dem IV. Schriftstellerkongreß im Juni 1967 äußert er Kritik am Novotný-Regime und übernimmt auf dem Höhepunkt der politischen Ereignisse im Jahr darauf den Vorsitz des »Clubs unabhängiger Schriftsteller«. Mit dem in der »Literaturzeitung« veröffentlichten Artikel »Zum Thema Opposition« erregt er großes Aufsehen, weil er hier erstmals öffentlich die Forderung nach einer oppositionellen Partei stellt.

Brückenschlag
Der 1968 gescheiterte Reformkommunist Alexander Dubček (links), die Sängerin Marta Kubišova (Mitte) und Václav Havel (rechts) als Sprecher des oppositionellen Bürgerforums kurz vor einer Massenkundgebung auf dem Prager Wenzelsplatz am 24. November 1989. (dpa)

Nach der *blutigen Niederschlagung des Prager Frühlings* im August 1968 durch die Truppen des Warschauer Paktes und der Entmachtung des Reformkommunisten Alexander Dubček unternimmt Havel letzte Versuche zur Rettung der Demokratiebewegung, bevor er verstummt. Eine Woche lang senden er und seine Freunde von einer Rundfunkstation in dem Städtchen Reichenberg, wo sie die Invasion überraschte, fieberhaft Reden, Kommentare und Nachrichten. Unter anderem bitten sie über Radio Free Europe in München die westlichen Intellektuellen »im Namen aller tschechischen und slowakischen Schriftsteller« um dringende Unterstützung. Gleichzeitig fordern sie ihre Landsleute, Künstler wie Arbeiter, auf, sich für die Wahrung der Menschenrechte in der Tschechoslowakei zu solidarisieren.

Unter dem neuen, wieder moskautreuen tschechoslowakischen Regime des Gustáv Husák erhält Havel *Aufführungs- und Publikationsverbot.* Der Schriftstellerverband wird aufgelöst, die Literaturzeitschrift »Tvář« verboten. Havels *Reisepaß wird konfisziert.* Er verläßt Prag und läßt sich auf einem Bauernhof in der Nähe von Trutnova, nahe der polnischen Grenze nieder, wo er auch als Hilfsarbeiter in einer Brauerei arbeitet.

Die frühen siebziger Jahre: der gebannte Schriftsteller

Die erste Hälfte der siebziger Jahre ist gekennzeichnet von einem *Rückzug Havels ins Private.* Auf seinem *Landgut Hrádeček in Nordböhmen* umgibt er sich zwar mit vielen befreundeten Intellektuellen, die meisten davon verbotene Dichter. Ausdrücklich politische Äußerungen dringen jedoch in dieser Zeit nicht an die Öffentlichkeit. Allerdings gelingt es Havel bald als Konsequenz der trotz allem fruchtbaren geistigen Auseinandersetzung mit seinen Freunden,- die allgemein herrschende Sprachlosigkeit zu überwinden. Er schreibt Stücke, die er in den Westen verschickt. So kommt es, daß Havels viertes Schauspiel, *»Die Retter«*, am *8. Februar 1974 in Baden-Baden uraufgeführt* wird. Es folgen *weitere Uraufführungen neuer Havelscher Dramen* in Triest und Wien, das schließlich zur Heimat seiner Werke werden soll.

Havels im westlichen Ausland zahlreich gespielte Stücke (auf die »Retter« folgen: »Die Gauneroper«, verfaßt 1972, uraufgeführt 1976; »Audienz«,1975/76; »Protest«, 1978/79; »Das Berghotel«, 1976/81; »Largo Desolato«, 1984/85; »Versuchung«, 1985/86; »Sanierung«, 1987/88 sowie diverse Hör-

und Fernsehspiele) finden weltweit Beachtung und bringen ihm internationalen Ruhm ein. Seine Dramen kreisen im wesentlichen immer wieder um drei zentrale und eng miteinander in Beziehung stehende *Motive*: das Verhältnis des Menschen zum System, in dem er lebt; die fortschreitende Entfremdung des Individuums von sich selbst und anderen; die Sprache als ein Medium, das den Menschen beherrscht und zugleich sein Machtinstrument ist. Dabei versteht es Havel diese tiefgründigen sozio-philosophischen Fragen mit Hilfe absurder und grotesker Elemente witzig und unterhaltsam in Szene zu setzen.

Während im Verlauf der siebziger Jahre Havels *Popularität im westlichen Ausland* steigt, ist er in seiner Heimat wie im gesamten östlichen Europa zum Stillhalten verdammt. Ein erster, noch verhaltener Versuch, sich über die staatlich auferlegten Fesseln hinwegzusetzen, ist *1975* die Versammlung sechs verbotener Autoren zum ersten *»Kleinen Schriftstellerkongreß«* auf Havels böhmischem Landgut, ein außerordentliches Ereignis, da doch der tschechoslowakische Schriftstellerverband nach der Okkupation durch die Warschauer Pakt-Truppen aufgelöst worden war. Ein noch schwerwiegenderer Schritt, die Mauer des Schweigens zu durchbrechen, ist ein *»Offener Brief an Gustáv Husák«*, dem damaligen Staats- und Parteichef, vom *8. April 1975*, der ebenfalls erst im Ausland veröffentlicht wird. Darin diagnostiziert der Autor die Geistesverfassung der Nation unter den Bedingungen der »Konsolidierung« und geht mit dem Regime ins Gericht, das er verantwortlich macht für die »Tiefendemoralisierung« der Menschen im Land, für ihre Angst, ihre Heuchelei und ihre Passivität.

Die Charta 77

Der »Offene Brief an Gustáv Husák« ist für Havel eine Art Selbsttherapie gegen die Mutlosigkeit und – nicht nur für ihn – ein Signal aus der allesbeherrschenden Lethargie zu erwachen. Das Jahr *1975* bezeichnet Havel selbst als das *Jahr der Wende*. Abschriften des Briefes beginnen in intellektuellen Kreisen zu kursieren; Havels Einakter *»Audienz«* entsteht, ursprünglich zur Belustigung seiner Freunde gedacht. Die Hauptfigur des Schauspiels, der autobiographische Züge tragende Schriftsteller *Vaněk*, wird trotz der Bannung Havels zu einer *Kultfigur* im ganzen Land.

Anfang 1976 wird Havel in seinem Landhaus von einem Freund aufgesucht, der ihn mit der Untergrundbewegung rund um die Rockgruppe *»The Plastic People of the Universe«* bekannt macht. Havel ist beeindruckt, weil er in der Underground-Musik ein Sehnen nach Erlösung und ein ernsthaftes Anliegen zu spüren glaubt. Als die Musiker 14 Tage später verhaftet werden, wird Havel aktiv. Zusammen mit dem Philosophen und Psychologen Jiří Němec startet er eine *öffentliche Kampagne* zur Unterstützung der »Plastic People«, deren Inhaftierung er als einen *Angriff auf die geistige Freiheit des Menschen* sieht, und beginnt sich damit aus dem Milieu der »etablierten Opposition« zu emanzipieren. Die Aktionen finden einen vorläufigen Höhepunkt in einem offenen Brief an Heinrich Böll und in einer von 70 Leuten unterschriebenen großen Petition. Havels Aktivitäten werden im In- und Ausland bekannt und vom eigenen Regime beargwöhnt.

Trotzdem organisieren Havel, Němec, Kohout und andere während der Prozesse gegen die »Plastic People« die ersten Zusammenkünfte zur *Vorbereitung einer Charta*, die die entstandene Stimmung der Solidarisierung fixieren sollte. Eine Eröffnungserklärung unter Berufung auf die *Schlußakte der KSZE-Konferenz in Helsinki* wird formuliert und Unterschriften werden gesammelt.

Am *1. Januar 1977* wird die *Bürgerrechtsbewegung Charta 77* offiziell gegründet und anschließend der Text der Charta veröffentlicht, in dem sich die Unterzeichner für die Respektierung der Bürger- und Menschenrechte in der Tschechoslowakei und in der Welt einsetzen. Als einer der drei gewählten Sprecher der Charta 77 und mutmaßlicher Hauptmotor des Geschehens wird Havel noch im Januar unter dem Vorwand, einheimische Texte an eine Pariser Zeitschrift geliefert zu haben, verhaftet und verbringt *vier Monate im Gefängnis.*

Jahre im Gefängnis

Nach dieser ersten Inhaftierung fühlt sich Havel als Opfer einer Intrige zutiefst gedemütigt. Er hatte im Gefängnis den Fehler begangen, einem Untersuchungsbeamten gegenüber zu äußern, daß er zurücktreten würde, wenn es zu Gunsten der Charta erforderlich wäre. Das Husak-Regime versucht, ihm daraus einen Strick zu drehen und verbreitet die Nachricht seines angeblichen Rücktritts. Diese gezielte (und selbst mitverschuldete) Verunglimpfung, die Zweifel an seiner moralischen Integrität unterstellt, stürzt Havel in eine *existentielle Krise.* In den folgenden Monaten glaubt er, seine Rehabilitierung betreiben zu müssen, und verfällt in ein hektisches Engagement. Er beteiligt sich unter anderem an der *Gründung des VONS (Ausschuß für die Verteidigung zu Unrecht Verfolgter)* und wird unter fadenscheinigem Vorwand erneut für die Dauer von sechs Wochen verhaftet. Im *Oktober 1977* wird er schließlich wegen »versuchter Schädigung der Interessen der Republik« zu *14 Monaten auf Bewährung verurteilt.*

Die folgenden zwei Jahre bedeuten für Havel eine Zeit vielfältigster *Schikanen* wie Hausarrest und Bespitzelung. Dennoch - oder gerade deshalb - erscheint sein *politischer Essay »Versuch in der Wahrheit zu leben« (1978)*, der sich schnell zur einer Art *Widerstandsbibel* der Opposition in Osteuropa entwickelt. Im *Mai 1979* wird Havel endgültig wegen der »Gründung einer illegalen Vereinigung« (gemeint ist der VONS) und »Aufrechterhaltung von Kontakten zu Emigrantenkreisen« *zu viereinhalb Jahren Haft verurteilt* und mit *Schreibverbot* belegt. Den Ausweg in die Emigration, der ihm daraufhin von offizieller Seite nahegelget wird, lehnt er kategorisch ab. Während der durch die schikanöse Gefängnisleitung zusätzlich erschwerten Haft, bleibt Havels einziges Instrument zur intellektuellen Selbstvergewisserung und alleiniger Kontakt zur Außenwelt der wöchentliche, vierseitige Brief an seine Frau Olga, (zensierte) Betrachtungen über die menschliche Identität und Existenz.

In der Zeit seines längsten Gefängnisaufenthaltes, als Havel völlig von der Außenwelt abgeschnitten ist, kommt es zu einer *weltweiten Solidarisierung* mit dem Inhaftierten. Schriftsteller und Künstler, von Günter Grass bis Harold Pinter, von Heinrich Böll bis Elie Wiesel, rufen die tschechoslowakische Regierung auf, Havel freizulassen. Einer der Höhepunkte dieser unterschiedlichen Aktionen findet im Sommer 1982 auf dem Theaterfestival in Avignon statt, als AIDA, die Organisation für verfolgte Künstler, eine *»Nacht für Václav Havel«* veranstaltet: von zehn Uhr abends bis vier Uhr morgens - dem Zeitraum, den man dem Häftling im Pilsener Gefängnis für die Nachtruhe gönnt. Eigens für diesen Anlaß u.a. von so berühmten Dramatikern wie Samuel Beckett und Arthur Miller für Havel verfaßte Kurzstücke, Monologe und Szenen werden hier erstmalig aufgeführt. Gleichzeitig wird an die verfolgten Künstler in aller Welt erinnert.

Im *Februar 1983* erkankt Havel in Haft an einer schweren *Lungenentzündung.* Erst unter dem Druck erneuter, heftiger, internationaler Proteste wird er, bereits in akuter Lebensgefahr schwebend, in ein ziviles Krankenhaus verlegt. Da die weltweite Empörung nicht abreißt, sieht sich das Regime schließlich gezwungen, Havel »aus Gesundheitsgründen« *vorzeitig aus der Haft zu entlassen.* Havel kann einen Monat später, im *März 1983*, nach etwas mehr als drei Jahren Aufenthalt in verschiedenen tschechoslowakischen Gefängnissen, das Krankenhaus als »freier« Mann verlassen.

Der prominente Dissident

Havels langjährige Haftstrafe hat ihn über die Grenzen der Tschechoslowakei hinaus als Bürgerrechtler bekannt gemacht. Noch im Gefängnis bekommt er die *Ehrendoktorwürde der Universität Toulouse (1982)* verliehen, später die der *kanadischen Universität York-Le Mirail.* Bereits 1980, ebenfalls noch während seiner Inhaftierung, wird Havel mit dem *Ehrenpreis der französischen Société des Auteurs* und *1981* mit dem Pariser Theaterpreis *»Prix plaisir du theatre«* ausgezeichnet. *1982* wird der politische Häftling mit dem *»Jan-Palach-Preis«* des Interna-

Der schüchterne Rebell
Havel charakterisiert sich selbst als höflich, übertrieben brav und ängstlich - Wesenszüge, die nicht unbedingt dem Klischee eines Revolutionärs entsprechen. (AP)

tionalen Komitees zur Unterstützung der Charta 77 geehrt. Die P.E.N -Clubs in Frankreich, Schweden, der Bundesrepublik und der Schweiz ebenso wie die Freie Akademie der Künste in Hamburg ernennen in der Folgezeit Havel zu ihrem Ehrenmitglied.

1984, ein Jahr nach seiner Rückkehr aus dem Gefängnis, erscheinen Havels *»Briefe an Olga«* als Sammelband, ein Dokument existentieller Innerlichkeit, das im Ausland innerhalb weniger Wochen vergriffen ist. Der Bürgerrechtler Havel nimmt seine Arbeit wieder auf. Da er jedoch weiterhin in der Tschechoslowakei als politische »Unperson« verfolgt wird, werden seine zahlreichen aktuellen politischen Essays und kritischen Gesellschaftsanalysen ausschließlich im Westen veröffentlicht. Auch seine neuen Dramen *»Largo Desolato«* (Wien,*1985*) und die *»Versuchung«* (Wien, *1986*) gelangen wie sein bislang letztes Stück *»Sanierung«* (Zürich, *1988*) nur im Ausland zur Aufführung.

Im *Januar 1985* wird er zum achten Jahrestag der Bekanntgabe der Charta 77 zusammen mit mehreren Unterzeichnern für kurze Zeit *verhaftet*. Und als Havel 1987 in einem Brief die Delegationen der in Wien tagenden KSZE-Konferenz darauf aufmerksam macht, daß das tschechoslowakische Regime weiterhin einen »vandalischen Krieg« gegen die geistige Kultur im eigenen Land führt, hat er längst wieder in die alte Rolle des Sprachrohrs der verfolgten Opposition zurückgefunden. Äußerst geschickt versteht es der populäre Dissident, das Interesse der ausländischen Medien an seiner Person für eigene politische Ziele und Botschaften auszunutzen. So ist auch seine Dankesrede für den Erhalt des niederländischen *»Erasmus-Preises« (1986)*, die von dem im New Yorker Exil lebenden tschechischen Schauspieler Jan Tryska verlesen wird, derart politisch, daß die auf gute Beziehungen zur ČSSR bedachte holländische Regierung deren Verlesung zunäBchst zu verhindern versucht. Havels in dieser Rede manifestierte Vision von einer friedfertigen gesamteuropäischen Gemeinschaft macht den Kalten Kriegern in Prag Angst.

Havel ist in den Jahren nach seiner vorzeitigen Haftentlassung einer permanenten Bespitzelung durch die Sicherheitskräfte ausgesetzt. Als er am *16. Januar 1989* die Veranstaltung zum *Gedenken an Jan Palach*, den Studenten, der sich zwanzig Jahre zuvor aus Protest gegen die sowjetischen Okkupation selbst verbrannte, mitorganisiert, wird er *verhaftet*. Und am 21. Februar 1989 wird er als sogenannter Rückfalltäter zu neun Monaten Haft unter verschärften Bedingungen verurteilt. Aber nicht nur das westliche Ausland protestiert diesmal heftig. Das tschechoslowakische Helsinki-Komitee, in dem Havel selbst Mitglied ist, erklärt als Reaktion auf das harte Urteil den 21. Februar zum »Tag der Solidarität mit Havel und anderen zu Unrecht Inhaftierten« und auch aus den sich bereits im Umbruch befindlichen Ostblockländern hagelt es *scharfe Protestnoten*. Zahlreiche Aktionen, wie z. B. in Katto-

Beistand
Frau Olga und Bruder Iwan müssen immer wieder, wie hier zuletzt im März 1989, für die Freilassung Václav Havels kämpfen. (AP)

witz, wo 13 polnische Aktivisten für ihren tschechischen Mitstreiter in den Hungerstreik treten, sorgen für Wirbel.

Rund einen Monat später, im März 1989, sieht sich ein Berufungsgericht schließlich gezwungen, die Haftstrafe auf acht Monate zu verkürzen und die »verschärften Bedingungen« aufzuheben. Nachdem Havel die Hälfte seiner Strafe abgesessen hat, stellt er einen Antrag auf *vorzeitige Haftentlassung* und wird tatsächlich am *17. Mai 1989* wieder auf freien Fuß gesetzt. Die verbleibenden vier Monate werden in eine Bewährungsstrafe umgewandelt. Dennoch wird Havel in den nächsten Monaten mehrmals, wie etwa im August 1989 auf dem Weg zu einem Mittagessen mit dem deutschen Botschafter in Prag, festgehalten und verhört.

Im *Sommer 1989* kommt es zu den ersten *öffentlichen Gedenkfeiern* gegen das Husák-Regime, die jedoch *blutig zerschlagen* werden. Tschechoslowakische Sicherheitskräfte lösen beispielsweise am 21. August 1989 eine friedliche Demonstration auf dem Wenzelsplatz zum 21. Jahrestag des Einmarsches von Warschauer-Pakt-Truppen mit Gewalt auf. Zusammen mit Alexander Dubcek, dem Reformkommunisten des Prager Frühlings, ist Havel bei allen Kundgebungen von Beginn an dabei. So entwickelt sich der Dramatiker Havel am Ende der 80er Jahre vom elitären Dissidenten zum Volkstribun.

Am *15. Oktober* wird Havel in der Frankfurter Paulskirche der *»Friedenspreis des deutschen Buchhandels«* verliehen - in Abwesenheit, da der Geehrte Angst haben muß, nach einer Ausreise nicht mehr in seine Heimat zurückkehren zu dürfen. - Kurze Zeit darauf bricht die DDR zusammen, und plötzlich scheint auch in der mittlerweile isolierten Tschechoslowakei ein Machtwechsel nicht mehr unmöglich.

Als sich dann am *20. November* in Prag das *Bürgerforum* gründet, das maßgeblich zum endgültigen Sturz des kommunistischen Regimes beitragen soll, ist auch Havel aktiv daran beteiligt. In fast täglichen Ansprachen auf dem Prager Wenzelsplatz formuliert er die politischen Forderungen des Bürgerforums und ruft zum friedvollen Widerstand auf. Havel wird so nicht nur zur unbestrittenen Gallionsfigur, sondern

Wundersame Wandlungen
Olga und Václav Havel haben vieles gemeinsam durchgemacht: vom Dissidentendasein (oben) bis zur Amtseinführung als Präsidentenehepaar (unten). (AP,stern)

Aufbruch
Im Herbst 1989 kommt die ČSSR nicht mehr zur Ruhe: Massenkundgebungen und Proteste gegen das Regime werden noch mit massivem Polizeieinsatz beantwortet. (dpa/2)

auch zum richtungsweisenden politischen Kopf der *»samtenen Revolution«*.

Aber die kommunistischen Machthaber lassen noch einmal ihre Muskeln spielen. Mit Polizeigewalt werden am 27. Oktober und 17. November Massendemonstrationen zerschlagen. Der Druck der Straße wächst jedoch weiter. Am 24. und 25. November finden Kundgebungen mit jeweils einer halben Million Menschen statt. Am 24. November tritt das Präsidium der Kommunistischen Partei der Tschechoslowakei (KPČ) geschlossen zurück. Václav Havel wird am selben Tag durch Schwedens Außenminister Sten Andersson der *»Olof-Palme-Preis« für 1989* überreicht.

Danach überschlagen sich die Ereignisse: Am 26. November trifft sich Ministerpräsident Adamec zum ersten Mal mit Havel

und anderen Oppositionellen; am 27. November um 12 Uhr findet ein zweistündiger Generalstreik statt; am selben Tag beginnen die ersten Gespräche zwischen der Regierung und der Opposition am Runden Tisch; am 29. November wird die Führungsrolle der KPČ aus der Verfassung gestrichen. - Havel bekommt ebenfalls am 29. November den alle drei Jahre vergebenen Wiener *»Karl-Renner-Preis«* verliehen.

Nach beharrlichem Zögern tritt endlich am 10. Dezember Staatschef Husák zurück. Am Tag darauf beginnt der Abbau der Grenzsperren zwischen der ČSSR und Österreich. Zwei Tage später wollen die Kommunisten mit der Forderung nach einem Volksentscheid verhindern, daß Václav Havel als einziger Präsidentschaftskandidat zur Wahl steht. Doch ihre Initiative scheitert.

Abbau
Im Dezember 1989 fällt der Eiserne Vorhang zwischen der ČSSR und Österreich. (dpa)

Der Staatspräsident

Am *29. Dezember 1989* wird der Dramatiker, Bürgerrechtler und Idealist Václav Havel vom Prager Parlament einstimmig zum *Staatspräsidenten der Tschechoslowakei* gewählt. Der neue Staatschef tritt seine Regierungsgeschäfte als ein Übergangspräsident an, der seinen Amtseid noch auf die sozialistische Verfassung zu leisten hat. In seiner programmatischen Antrittrede, der weltweit mit Spannung erwarteten *Neujahrsansprache vom 1. Januar 1990*, versucht der neue Präsident an humanistische Traditionen in der tschechoslowakischen Geschichte anzuknüpfen und zeichnet ein hoffnungsvolles Bild von der Zukunft seines Landes. Die Leitbilder Marx und Engels werden durch die neuen alten »Nationalheiligen« Masaryk und Beneš ersetzt.

Als Havel nach seiner Wahl zum Übergangspräsidenten auf dem Hradschin, dem Amtssitz des höchsten Staatsrepräsentanten, einzieht, beginnt er sofort mit dem *personellen Umbau der politischen Spitze.* Bereits Anfang des Jahres sind rund 40 neue Angestellte in der Präsidentenkanzlei eingearbeitet. Seinen teilweise verwegen ausehenden Beraterstamm, knapp 25 Personen, hat er ausschließlich mit persönlichen Freunden besetzt. Fast alle sind ehemalige Dissidenten und Weggefährten Havels. Unter ihnen befinden sich jedoch weder Ex-Kommunisten noch Geistliche oder Exilanten.

Bei den im *Juni 1990* folgenden *ersten freien Parlamentswahlen* in der Tschechoslowakei seit 44 Jahren erringt das von Havel geführte Bürgerforum zusammen mit seiner slowakischen Schwesterorganisation die überragende Mehrheit der Sitze. Kurz darauf, am *5. Juni 1989*, wird Havel, der sich noch einmal zur Wahl gestellt hat, weil es keine anderen Bewerber gab, *in seinem Amt bestätigt.* Sowohl Parlament als auch Präsident werden ausdrücklich für eine nur *zweijährige Legislaturperiode* gewählt, denn nach dieser Zeitspanne soll sich ihrer Meinung nach dem Wandel des in »ČSFR« umbenannten Staates in eine moderne föderalistische Republik weitestgehend vollzogen haben.

Gipfel
Die KSZE-Konferenz von Paris im November 1990, auf der die Neuordnung Europas beschlossen wurde, war für den Dramatiker Havel, der Präsident geworden ist, ein vorläufiger Höhepunkt seiner Karriere (hier mit Raissa und Michail Gorbatschow beim Balettabend im Rahmen der KSZE-Konferenz in der Pariser Oper). (dpa)

In seiner ersten Rede vor dem neugewählten Parlament am 29. Juni 1990 stellt Havel *seine politischen Ziele* vor. Schlagworte sind: eine sozial und ökologisch orientierte Marktwirtschaft, dezentrale und föderalistische Verwaltungsstrukturen, ein »ideologiefreier« Rechtsstaat und eine sensible Nationalitätenpolitik. Für die Außenpolitik der CSFR fordert Havel ein an gesamteuropäischen Perspektiven ausgerichtetes Friedens- und Sicherheitskonzept.

Seine erste Auslandreise als Präsident der Tschechoslowakei führt Havel bereits am 2. Januar nach München, wo er sich von Bundespräsident Richard von Weizsäcker konkrete Zusagen für die Ungültigkeit des »Münchner Abkommens« von 1938 erhofft. Anläßlich dieses eintägigen »Arbeitsbesuches« in der Bundesrepublik und der DDR besucht er auch die geöffnete Berliner Mauer. Sein zweiter Staatsbesuch Ende Januar gilt Polen. Hier erntet der Bürgerrechtler aus Prag neben vielen Sympathien auch Verwunderung für seine rückhaltlose Bejahung der deutschen Wiedervereinigung.

Am *21. Februar* hält Havel eine *Rede vor dem amerikanischen Kongreß*, fünf Tage später trifft er in Moskau mit *Michail*

Skepsis

So leger, wie er sich gibt, fühlt er sich nicht: Schwierige Aufgaben warten auf den Schriftstellerpräsidenten an seinem neuen Arbeitsplatz. (stern)

Gorbatschow zusammen und erreicht den Rückzug der in der ČSFR stationierten sowjetischen Truppen. In den ersten sechs Monaten seiner Amtszeit absolviert der Präsident einundzwanzig Inland-Trips und besucht auf acht Auslandsreisen zwölf verschiedene Staaten. Er nimmt in diesem Zeitraum an vierunddreißig öffentlichen Veranstaltungen aktiv teil, hält über 50 Reden und empfängt 52 Staatsgäste. Und der Präsident wird geehrt: Für das »Fernverhör« erhält er im April des Jahres 1990 den von der Friedrich-Ebert-Stiftung verliehenen Preis für *»Das politische Buch des Jahres«*, im Juni zeichnet ihn die UNESCO mit dem *»Simon-Bolivar-Preis«* aus, im September nimmt Havel bei seinem ersten Besuch in Italien auf Capri den *»Malaparte-Preis«* entgegen und im Oktober würdigt wiederum die UNESCO sein Engagement als Bürgerrechtler mit dem *»Human Rights Award«*.

Einen vorläufigen Höhepunkt in der Karriere des Dramatikers und Bürgerrechtlers, der Staatspräsident geworden ist, bildet Havels Teilnahme an der *KSZE-Gipfelkonferenz in Paris im November 1990*, wo er zusammen mit 33 Staatschefs die »Charta für ein neues Europa« unterzeichnet, die der Epoche des Kalten Krieges nach über 40 Jahren ein Ende setzt.

Václav Havels Werk in deutschen Übersetzungen

I. Dramatische Werke

Das Gartenfest; Schauspiel
Deutsch von August Scholtis
Uraufführung: 3.12.1963, Prag, Theater am Geländer
Deutsche Erstaufführung: 2.10.1964, Berlin, Schiller-Theater

Die Benachrichtigung; Schauspiel
Deutsch von Eva Berkmann
Uraufführung: 26.7.1965, Prag, Theater am Geländer
Deutsche Erstaufführung: 13.121965, Berlin, Schiller-Theater

Erschwerte Möglichkeit der Konzentration;
Stück in zwei Akten
Deutsch von Peter Künzel
Uraufführung: 11,4.1968, Prag, Theater am Geländer
Deutsche Erstaufführung 14.11.1968, Berlin Schiller-Theater

Die Retter; Schauspiel
Deutsch von Peter Künzel
Uraufführung: 8.2.1974, Baden-Baden, Theater der Stadt

Die Gauneroper; nach John Gray; Schauspiel
Deutsch von Peter Künzel
Uraufführung: 4.3.1976, Triest, Teatro Stabile
Deutsche Erstaufführung: 16.10.1976, Celle, Schloß-Theater

Audienz; Vernissage; Kurzdramen
Deutsch von Gabriel Laub
Uraufführung: 9.10.1976, Wien, Burgtheater

Das Berghotel; Schauspiel
Deutsch von Gabriel Laub
Uraufführung: 23.5.1981, Wien, Burgtheater

Protest; Schauspiel
Deutsch von Gabriel Laub
Uraufführung: 17.11.1979, Wien, Burgtheater
Gemeinsame deutsche Erstaufführung: 1.12.1979, Göttingen, Deutsches Theater; Lübeck, Bühnen der Hansestadt; Münster, Zimmertheater

Der Fehler; Einakter
Deutsch von Joachim Bruss

Largo Desolato; Schauspiel
Deutsch von Joachim Bruss
Uraufführung: 13.4.1985, Wien, Burgtheater
Deutsche Erstaufführung: 30.11.1985, Göttingen, Deutsches Theater

Versuchung; Schauspiel
Deutsch von Joachim Bruss
Uraufführung: 23.5.1986, Wien, Burgtheater

Fledermaus auf der Antenne; Fernsehspiel
Deutsch von Gabriel Laub
Erstsendung: 25.2.1975, Norddeutscher Rundfunk

Der Schutzengel; Hörspiel
Deutsch von Gabriel Laub
Erstsendung 2.3.1969 Süddeutscher Rundfunk

II. Politische Essays

Offener Brief an Gustáv Husák vom 8. April 1975
Deutsch von Gabriel Laub
In: Drei Stücke
Rowohlt Taschenbuch Verlag, Reinbek bei Hamburg, 1977

Versuch, in der Wahrheit zu leben. Von der Macht der Ohnmächtigen
Mit einem Vorwort von Hans-Peter Riese.
Deutsch von Gabriel Laub.
rororo-aktuell, Reinbek bei Hamburg, 1980

Euer Frieden und unserer - Anatomie einer Zurückhaltung
Deutsch von Joachim Bruss

Kursbuch 81, September 1985

Politik und Gewissen. Über politische Alternativen in unserer Zeit.
Deutsch von Joachim Bruss
Kontinent, Heft 2/1986

Geteilt in der Politik, doch ungeteilt und unteilbar im Geiste. Von der Vision einer friedvollen gesamteuropäischen Gemeinschaft
Erasmus-Preis-Rede vom 13.11.1986.
Deutsch von Joachim Bruss.
Frankfurter Allgemeine Zeitung vom 14.11.1986

Wofür es sich zu leiden lohnt. Die Charta 77 und die Würde des Menschen im Totalitarismus
Deutsch von Joachim Bruss
Die Welt, 21.2.1987

III. Buchveröffentlichungen

Zwei Dramen (Das Gartenfest, Die Benachrichtigung)
Essays und Antikoden
Mit einem Vorwort von Jan Grossman
Rowohlt Taschenbuch Verlag, Reinbek bei Hamburg, 1967

Drei Stücke (Audienz, Vernissage, Die Benachrichtigung)
Offener Brief an Husák
Mit einem Vorwort von Gabriel Laub
Rowohlt Taschenbuch Verlag, Reinbek bei Hamburg, 1977

Briefe an Olga
Identität und Existenz. Betrachtungen aus dem Gefängis.
Für die deutsche Ausgabe bearbeitet von Jirí Grusa
rororo-aktuell, Reinbek bei Hamburg, 1984

Largo Desolato
Schauspiel
Mit einem Vorwort von Siegfried Lenz
Rowohlt Taschenbuch Verlag, Reinbek bei Hamburg, 1985

Am Anfang war das Wort
Essay-Sammlung (1969–1990)
Rowohlt Taschenbuch Verlag, Reinbek bei Hamburg,1990

Bibliographie zusammengestellt nach Václav Havel: »Fernverhör«, Rowohlt Taschenbuch Verlag, Reinbek bei Hamburg, Juni 1990 (Anhang)